KB068049

많이
힘들었구나,

말 안 해도
알아

**나부터 사랑하고
다시 행복해지는 법**

많이
힘들었구나,
말 안 해도
알아

· 김정한 지음 ·

정민
미디어

사랑받고 싶나요? 그럼 먼저 사랑을 주세요.

'나무 한 그루가 있습니다.
그것을 보살피기 위해 방 안에 들여놓으면
아무리 강한 바람이 불어도 끄떡없습니다.
전혀 위험하지 않습니다.
그러나 나무에게는 도전이 없습니다.
철저한 보호 속에 있기에 어느 순간부터 서서히 시들기 시작합니다.
더 이상 성성하지 않습니다.
나무 안에 있는 도전이 죽어가기 때문입니다.
삶을 실현시키는 도전이 없기 때문입니다.'

오쇼 라즈니쉬의 이 말은 정말 심장에 딱 꽂힙니다.
인생에서도 마찬가지입니다.
세찬 바람은 진짜 적이 아닙니다.
그것은 당신을 완성시켜줍니다.
바람이 당신의 뿌리를 뒤흔드는 것처럼 보이지만,
사실은 당신이 더욱 깊이 뿌리내릴 수 있게 도와주는 각성제입니다.

폭풍이 불면 나무는 더욱 깊이 뿌리를 내립니다.
태양이 뜨겁게 내리쬐면 나무는 더 많은 물을 빨아들입니다.
나무는 더욱더 푸르고 싱그러워집니다.
자연이 선사하는 투쟁을 통해 나무는 영혼을 얻습니다.
그 영혼은 도전을 통해 생깁니다.

인생사도 마찬가지입니다.
모든 일이 순조롭게 돌아가면 흐트러지기 쉽습니다.
투쟁과 같은 도전을 통해 행복을 만들어가야 합니다.
바람이 뒤흔들더라도 뿌리째 흔들리지 않으면 됩니다.

나를 확실하게 이해할 사람은 나뿐입니다.
과거의 나도, 현재의 나도, 미래의 나도 이해할 수 있는 이는 나뿐입니다.
다른 사람은 그저 과거의 나를 기억하며 현재를 바라볼 뿐입니다.
어디서 무엇을 어떻게 하든 나 자신에게 용기를 주며 스스로 응원해야 합니다.
행복이라는 여정은 물론 가족, 친구, 동료, 연인, 이웃과 함께 가야 합니다.
그러나 행복의 문을 여는 마지막 선택은 나이고, 마지막 한 걸음은 나 혼자 가야 합니다.

김정한

CONTENTS

PART 1

나 자신을 사랑하라

삶이란 수많은 음표로
이어진 협주곡

PART 3

어제의 비로 오늘의 옷을 적시지 말고
내일의 비를 위해 오늘의 우산을 펴지도 마라

PART 4

연습할수록 느는 것,
행복은 삶의 습관이다

나 자신을 사랑하라

힘이 드는가? 오늘 걷지 않으면 내일은 뛰어야 한다!

_스페인 축구 선수, 카를레스 푸욜

나 자신을 사랑하라

내가 살고 싶은 세상은 어떤 세상일까요? 어떤 세상이 나에게 행복을 줄 수 있을까요? 어떤 조건이 충족되어야 나는 행복할까요? 누구나 원하는 것을 얻으면 행복해질 것이라고 생각합니다. 그러나 원하는 걸 얻는다고 반드시 행복해지는 것은 아닙니다. 원하는 것을 얻으면 또 다른 무언가를 원하게 됩니다. 인간의 욕망은 끝이 없습니다. 사람들은 말합니다.

"돈 많으면 행복할 것 같다."

"좀 더 예뻐지면 행복할 것 같다."

"일류 대학에 합격하면 행복할 것 같다."

"건강하면 행복할 것 같다."

"취직하면 행복할 것 같다."

우리가 바라는 조건은 끝없이 이어지기 마련입니다. 하나를 이루면 다른 것들이 꼬리를 물고 고개를 내밉니다. 현재 서 있는 곳에서 우리는 매 순간 많은 것을 바라고 있습니다. 인도의 마하트마 간디는 말했습니다.

"세상에 있는 모든 돈은 우리가 사용할 양으로는 충분하지만 우리의 욕망을 채우기에는 부족하다."

물질, 환경, 조건 등은 나를 채워주는 도구일 뿐 행복 그 자체가 될 수 없습니다. 그럼에도 우리는 돈이나 권력같이 외부에서 얻는 것을 행복으로 받아들입니다. 반면, 내 안에 있는 것을 찾아 감사하는 진정한 행복에는 낯설어합니다.

한 번쯤 어려움에 처한 사람을 도와본 경험이 있을 것입니다. 가족, 친구, 지인, 동료, 나아가 낯선 타인까지 말이에요. 그 어려움을 해결해준다면 그 사람 역시 나 아닌 누군가에게 도움을 줍니다. 베풂도 전염이 되니까요.

누군가에게 도움을 주면 상대는 물론 나의 기분도 좋아지고 만족감을 느낍니다. 사람은 스스로 노력해서 원하는 것을 얻을 때 행복감을 느끼기도 하지만 남을 돕거나 함께 일하면서 또 다른 만족감을 느낍니다. 결과가 좋든 나쁘든 함께하는 과정이 즐겁다면 그걸로 행복감을 느낍니다. 그렇게 또 다른 인간관계를 새로이 맺으며 소통의 진화를 거듭합니다. 그러나 함께하는 사람들과의 관계가 좋지 못하면 새로운 인연을 맺어 인간관계를 확대하기를 꺼리게 되지요.

도움을 주는 입장이 되거나 봉사의 주체가 되면 마음이 넉넉해집니다. 만족, 행복이라는 것은 때때로 희생을 요구합니다. 내가 싫은 것은 남도 싫다는 생각을 갖기에 도움을 줄 때나 봉사를 할 때에는 희생을 감수하게 됩니다. 남을 돕는다는 것 자체가 희생이 없으면 이루어지지 않습니다.

세상에서 가장 소중한 존재는 누구일까요? 당연히 나 자신입니다. 내가 행복해야 누군가를 또 행복하게 해줄 수가 있습니다. 내가 행복해지기 위해서는 나를 믿고 사랑하고 응원해야 합니다. 가장 먼저 나의 아픈 곳, 나의 슬픈 일, 나를 힘들게 하는 무엇을 찾아내어 치유해야 비로소 누군가를 도울 여력이 생깁니다.

행복의 첫 번째 조건은 세상에 하나뿐인 자신을 가장 사랑하고 응원해야 한다는 것입니다. 지금 학생 신분이라면 학교에서 성적이 잘 안 나와도 "괜찮아, 더 열심히 하면 돼" 하고 자신을 위로해야 합니다. "열심히 했는데 고작 이 점수라니, 역시 난 안 돼!" 하며 좌절하거나 포기해서는 안 됩니다. 좌절도 한 번은 괜찮습니다. 반복되면 습관이 되고 습관이 되면 도전 자체를 하지 않게 됩니다.

무엇을 하든 자신을 사랑해야 합니다. 자신의 얼굴을 바라보며 가장 마음에 드는 곳을 찾아 수시로 칭찬해주세요. "나는 코가 참 잘생겼어, 멋져" 하는 식으로 말이에요. 그러다 보면 잘생기지 않은 외모도 괜찮아 보일 거예요. 외모 콤플렉스도 당당한 자신감으로 밀어내야 합니다. 보여주기 위한 행동은 행복과 멀어질 뿐이에요. 남에게 잘 보이고 싶은 내가 아니라 나 자신에게 가장 떳떳하고 당당하고 사랑하는 내가 되어야 해요. 그래야 행복해질 수 있어요.

이 세상 가장 존귀한 존재로서 내가 진짜 원하는 게 무엇인지 깨닫고 그것을 이루기 위해 노력해야 합니다. 나 자신에게 확신을 갖고 용기를 불어넣으면서 말이에요. 나를 돕고 완성시켜줄 사람은 결국 나 자신입니다. 요컨대 내 보호자는 나 자신입니다.

일곱 번을 쓰러져도 다시 일어나세요. 나 자신에게 끊임없이 용기와 사랑을 주세요.

"잘할 수 있어! 다시 열심히 하자. 이렇게 다시 일어나다니, 역시 내가 최고야!"

나부터 나를 귀하게 여겨야 타인에게도 귀한 대접을 받습니다. 나에게도 타인에게도 귀하게 대접받으며 사는 인생! 그런 행복한 인생을 지금부터 만들어가요.

황혼이 지는 무렵 오늘 그대가 한 일을 기억해보라.
그리고 생각하고 찾아보라.
듣는 이의 마음을 편하게 해준
따뜻한 행동과 한마디 말을.
햇살 닮은 친절한 눈짓을.
그렇다면 그대는
오늘 하루 잘 보냈다고 말할 수 있으리라.

_조지 엘리엇

편안함 자체가 행복이니까요

무엇을 갖고 있느냐보다 당신이 가진 그것으로
무엇을 하느냐가 중요하다.

_윌프레드 그렌펠

누구의 인생이든 행복의 기회는 '우연'에서 시작됩니다. 그 우연을
잘 선택하면 우연이 인연으로, 인연이 필연이 되어 운명을 통째로
바꿉니다.

보지도 듣지도 말하지도 못하는 헬렌 켈러는 끝없는 도전 끝에
장애를 딛고 존경받는 인물이 되었습니다. 그녀는 저서 《사흘만
볼 수 있다면》에서 이렇게 말했습니다.

'사흘만 볼 수 있다면, 첫날에는 나를 가르쳐준 선생님을 찾아가
그분의 얼굴을 보고 싶고, 둘째 날에는 샐녘의 해 뜨는 것과 밤하
늘의 빛나는 별을 보고 싶고, 셋째 날에는 아침 일찍 출근하는 사

람들의 활기찬 모습을 보고 싶다.'

이 말을 곱씹어보면 가장 평범하고 소박한 것이 행복임을 깨달을 수 있습니다. 이른 아침 창밖의 새하얀 목련꽃 향기를 음미할 수 있는 것도 행복이고, 밤하늘의 찬란한 별을 볼 수 있는 것도 행복이고, 나를 찾는 사람들의 부름에 "네"라고 답할 수 있는 것도 행복이고, 유명한 맛집에서 맛난 음식을 사 먹을 수 있는 것도 행복입니다. 돈의 많고 적음, 사회적 지위 고하가 행복을 결정하지 않습니다.

우리 주변에는 사고로 장애를 입은 사람이 많습니다. 그들에게 "행복이 무엇이냐?"고 물으면 하나같이 이렇게 말합니다.

"두 발로 걷고, 세상을 두 눈으로 바라보며, 직장에서 일하고, 일한 만큼의 보수를 받아 평범하게 생활하는 것이 행복이지요."

그렇습니다. 행복은 그리 거창한 것이 아닙니다. 자기 직분에 충실하며 큰 충격 없이 건강하게 살아가는 것, 그게 바로 행복입니다.

진정한 행복을 누리기 위해서는 지나치게 욕망하지 말아야 합니다. 즉, 자기 그릇만큼만 욕망해야 합니다. 뭐든지 과하면 충격이 찾아옵니다. 충격을 받지 않으려면 주변의 것들을 소중히 여기며 나를 기쁘게 해주는 것들에 만족해야 합니다. 비었던 게 채워져 기쁘다면 감사한 마음으로 나눌 줄도 알아야 합니다. 넉넉하지 않지만 일을 해서 돈 벌 수 있다는 것, 건강하다는 것, 이 모두가 감사할 일이고 그게 바로 행복입니다.

나무가 우거진 숲에 가보면 많은 것을 깨달을 수 있습니다. 나무는 다른 나무에게 상처 주지 않기 위해 적당한 거리를 유지하며 본능적으로 뿌리를 내립니다. 비바람이 불든 눈보라가 치든 늘 한자리에서 털고 비우며 계절에 순응하여 스스로를 변화시킵니다. 주어진 환경에서 나름대로 최선을 다하는 것입니다.

아무리 짙은 향기를 품은 화려한 자태의 장미꽃도 시간이 흐르면 수직의 파문을 일으키며 땅으로 내려와 눕습니다. 버리는 비움의 미학美學을 스스로 알기에 자연은 가장 붉게 자신을 태우다가 가는지도 모릅니다.

사람도 마찬가지입니다. 한 번 사는 인생, 누구나 세상을 떠나게 되어 있습니다. 이는 세계 최고의 권력자도, 부호도 피할 수 없습니다. 죽을 때 동전 한 닢도 손에 쥐고 갈 수가 없습니다. 인간이란 빈손으로 왔다가 빈손으로 가는 존재이지요. 그러니 욕심을 내려놓아야 합니다. 욕심이 내 그릇보다 넘치면 몸이 아프고 마음이 아파 제명대로 살지 못합니다. 욕심내지 말고 꼭 필요한 것만 손안에 쥐세요. 나머지는 다 나누고 버려서 비우세요. 몸도 마음도 가벼워져 홀가분한 상태가 되어야 편안해집니다. 편안함, 그 자체가 행복이랍니다.

비교하지 말고
내 영역 안에서 찾아요

자살을 시도해 뇌사 상태에 빠졌다가 결국 세상을 달리한 유명
배우……. 그는 이승을 떠나면서 장기를 내놓아 다섯 명의 난치
병 환자에게 새 삶을 선물했습니다. 몇 해 전 대한민국 전체를 충
격에 빠뜨린 톱스타 여배우와 그 전 남편인 야구 선수의 자살도
잊지 못할 비극이었습니다. 유명인의 자살 때마다 그것을 모방해
자살하려는 베르테르 현상이 벌어질까 봐 우려되곤 합니다. 잘나
가는 스타의 화려한 삶 이면에는 그 왕관의 무게를 어찌지 못하는
인간적 고통이 있지 싶습니다.

오래전 성철 스님은 검은 고무신 한 켤레와 승복 한 벌을 남기면서 '사람답게 사는 것'이 행복이라고 말했습니다. 고대 그리스의 철학가 아리스토텔레스는 행복이 최상의 선이라고 규정하며 존재의 이유와 목적은 행복이라고 주장했습니다. 즉, 행복은 가장 좋은 상태를 느끼는 바로 그 순간인 것입니다.

행복은 내 주변의 사람들과 함께하는 따뜻한 인간관계에서 옵니다. 가족, 동료, 친구, 이웃 들과의 모나지 않은 관계가 이루어질 때 만족감은 커집니다. 만족감이 커져야 마음과 몸이 편안해집니다. 그럴 때 입가에 미소가 절로 번지며 표정도 밝아집니다.

돈이 아무리 많아도, 손에 쥔 권력이 하늘을 찔러도 행복한 사람이라고 단정할 수는 없습니다. 몸과 마음이 편안하지 않으면 행복을 느낄 수가 없으니까요. 분명, 돈과 권력은 행복해질 필요조건은 됩니다. 그러나 그것들이 행복을 이루는 데 필요충분조건은 아닙니다.

과연 어떻게 해야 마음이 편안해질까요? 그 첫 번째 조건이, 자기 자신은 물론 타인을 있는 그대로 인정하는 것입니다. 그러면서 상대의 좋은 점을 찾으려고 노력해야 합니다. 그렇게 할 때 인간관계가 넓어질뿐더러 편안해집니다. 르네상스 시기의 프랑스 철학가 몽테뉴는 말했습니다.

"인간과의 유대감을 다지는 동시에 자기 자신을 있는 그대로 받아들여야 행복해진다."

행복의 두 번째 조건은, 쓸데없는 근심 걱정을 하지 않는 것입니다. 심리학계의 연구에 따르면, 우리가 흔히 하는 걱정의 40퍼센트는 현실에서 절대 일어나지 않을 망상에 불과하다고 합니다. 30퍼센트는 이미 지나가버린 일에 대한 것이며, 22퍼센트는 사소해서 심각히 고민할 필요가 없는 것이라고 합니다. 결과적으로 일상 속의 걱정 92퍼센트는 시간만 낭비하는 쓸데없는 일인 셈입니다. 그렇다면 나머지 8퍼센트의 걱정은 어떨까요? 8퍼센트 중 4퍼센트는 사람의 힘으로는 어쩔 수 없는 일에 대한 것이고, 나머지 4퍼센트만이 사람의 힘으로 어찌해볼 만한 성질의 것이라고 합니다. 영화 〈바람과 함께 사라지다〉에 이런 명대사가 나옵니다.

"내일은 내일의 태양이 뜰 거야."

오늘 불행할지라도 내일 행복감을 느낄 수 있습니다. 그만큼 행복해지려면 스스로 노력해야 합니다. 행복은 누가 가져다주는 게 아니니까요.

체면, 명예, 다툼, 돈 등으로 말미암은 걱정이 물밀듯 밀려올라치면 천천히 심호흡을 하며 밀어내세요. 음악을 듣거나 책을 읽거나 공원을 산책하세요. 그것도 안 되면 노래를 부르거나 게임을 하세요. 지독히 악화된 인간관계일지라도 시간이 흐르면 그 악감

정도 서서히 누그러지고 심지어 역지사지의 입장에서 이해가 되고 용서도 됩니다. 살면서 나쁜 감정을 그대로 안고 있어서는 안 됩니다.

내 인생의 중심에는 항상 내가 있어야 합니다. 행복하게 사는 게 인생의 목적이자 존재 이유여야 합니다. 정말로 원하는 아름다움을 찾아 즐기면서 인생을 사세요. 남이 시시하다고 하는 것이 나에게는 아름다움이 될 수도 있습니다. 행복의 기준은 사람마다 다 다르니까요. 남과 비교하지 말고, 밖에서 찾으려 하지 말고, 내 영역 안에서 찾아야 합니다. 분수에 맞게, 능력에 맞게 욕망하면 내가 찾는 그 행복은 나를 비껴가지 않아요. 지금 이 순간 나를 기쁘게 해주는 아름다움을 찾으세요. 느끼세요. 그것이 행복입니다.

하루는 꿀벌들이 신에게 찾아와 자신들이 만든 꿀을 사람들이 다 빼앗아 간다고 하소연했습니다. 꿀벌들은 신에게 꿀을 가지러 오는 사람들을 침으로 찔러 죽일 수 있도록 허락해달라고 했습니다. 신은 자신들만 생각하는 꿀벌들의 이기심에 고통을 주기로 했습니다. 꿀벌은 자신의 단 하나의 침을 사람에게 쏘고 나면 그 침을 잃게 되어 자신도 죽게 되었습니다. 신은 이 세상에 나에게만 유익한 일은 없음을 보여주기 위해 이렇게 만들었습니다.

_이솝 우화

아무리 가난해도
꿈까지 가난하지는 않습니다

가난한 환경에 처해 있다 하여 꿈까지 가난해지는 것은 아닙니다. 미국의 소설가 베티 스미스가 쓴《나를 있게 한 모든 것들》에 이런 문구가 있습니다.

'브루클린에서 자라는 나무가 있습니다. 사람들은 이 나무를 하늘나무라고 부릅니다. 씨가 떨어진 곳이면 어디서든지 뿌리를 내려 하늘을 향해 자라기 때문입니다. 그곳이 판잣집 옆이라 해도, 지하실 창문 틈이라 해도 꼿꼿이 자랍니다. 아마도 시멘트를 뚫고 자라는 나무는 이 나무밖에 없을 것입니다. 태양이 없어도, 물이 없어도 심지어 흙이 없어도 하늘을 향해 자랍니다. 사람들은

이 나무를 하늘나무라고 합니다.'

그렇습니다. 희망을 놓지 않는다면 그 어떤 상황도 돌파할 수 있습니다. 인간에게는 힘든 환경을 웃으며 헤쳐 나아가는 능력이 있거든요. 자존감을 갖고 도전의식을 갖고 꿈을 향해 간절히 기도하세요. 그리고 치열하게 노력하세요. 그러면 원하는 꿈이 이루어질 거예요.

지금 이 순간에도 도서관에서 하늘이라는 높은 곳을 목표로 삼고 죽어라 도전하는 사람들이 있습니다. 99퍼센트의 불가능 속에서도 1퍼센트의 가능성에 목숨을 걸며 정성을 다하는 사람들! '하면 된다'는 확신을 가지고 달려드는 사람을 이겨낼 재간은 없습니다. 치열함은 성공의 가장 강력한 수단이거든요. 나무의 푸르름은 희망과 꿈을 상징합니다. 하늘을 향해 자라는 나무처럼 꿈을 향해 도전하고 또 도전하세요.

그들은 내 눈을 빼앗아 갔지만
나는 밀턴의 천국을 기억합니다.
그들은 내 귀를 빼앗아 갔지만
베토벤이 나를 찾아와 내 눈물을 닦아주었습니다.
그들은 내 혀도 빼앗아 갔지만
나는 어렸을 적에 하나님께 감사했습니다.

그분은 그들이 내 영혼을 빼앗아 가는 걸
허락하지 않았습니다.
나는 영혼을 잃지 않았기에
모든 것을 가진 거나 마찬가지입니다.

_헬렌 켈러

내 몸을 아름답게 지켜나갈 때
배반의 가시에 찔리지 않고

"사랑이 무얼까? 지금 내게 멈춘 사람은 진정 내 사랑일까?"

이는 사랑을 하면서도 가지게 되는 의문입니다.

영화 〈매디슨 카운티의 다리〉에 이런 말이 나옵니다.

"나도 당신을 원하고 당신과 함께 있고 싶고 당신의 일부가 되고
싶어요."

누구나 사랑에 빠지면 그 사람의 전부가 되고 싶어 합니다. 티격
태격 싸우다가도 습관처럼 던지는 말이 있습니다.

"사랑하기 때문이야!"

그러나 그런 말이 가끔 상대방에게 상처가 됩니다. 아무리 가까

운 사이라도 해도 되는 말이 있고, 하지 말아야 할 말이 있습니다. 상대방의 자존심을 건드리는 말은 치명적으로 다가갑니다. 사랑하는 사이일수록 지켜야 할 경계가 있습니다. 그 선을 넘어서면 아무리 사랑하더라도 파국으로 치닫습니다. 사랑한다는 이유로 함부로 대하지 마세요.

사랑에 빠지면 감정적이든 육체적이든 친밀한 관계가 됩니다. 친밀감은 진정한 사랑 없이는 존재할 수 없고, 진정성이 있어야 다음 단계로 발전합니다. 그러나 강요된 친밀감은 오래가지 않습니다. 거래일 뿐입니다. 거래로 맺어진 관계는 자신의 정체성을 포기한 채 급속도로 가까워지지만 곧 후회합니다. 사랑의 시작 단계에서는 천천히 알아가는 것이 중요합니다. 최소한 서로를 알 수 있는 시간을 가져야 합니다. 직설적으로 말해, 성급한 성관계는 피해야 합니다.

일본 속담에서는 재능을 많이 가진 사람을 '서랍이 많은 사람'이라고 표현합니다. 학창 시절, 공부는 물론 예체능에서도 두각을 드러낼뿐더러 성격까지 좋은 친구가 이성에게 인기가 많았습니다. 당연히 높은 성공률로 연애관계를 이어갔지요. 그러나 연애를 잘했다 하여 훗날 결혼한 뒤 꼭 행복하게 사는 것은 아닙니다. 결혼도 학습과 마찬가지로 끊임없이 공부를 해야 하거든요.

이 세상에 완벽하게 태어난 사람은 아무도 없습니다. 사랑도 마찬가지입니다. 감동을 줄 때 사랑의 가치가 인정되고 오래 지속됩니다.

얼마 전 지방을 여행하다가 이런 문구를 본 기억이 있습니다.

'이곳은 공동경비구역입니다.'

그것을 보는 순간 왠지 모르게 그 집에 사는 사람들은 서로를 믿고 사랑하며 살아갈 거라는 생각이 들었습니다. 그냥 서로에게 든든한 보호막이 되어줄 거라는 생각이 들었습니다. 누군가를 보호해주고 누군가로부터 보호받고 있다는 느낌이 드는 것, 그것이 모두가 바라는 사랑 아닐까요? 보호받을 권리와 의무를 서로에게 부여하는 것, 그러면서 서로에게 약속을 지켜 서로를 위해 보호자가 되어주는 것, 그게 가치 있는 사랑 아닐까요?

누구의 강요에 의해서가 아니라 마음으로 느껴져 자연스럽게 같은 곳을 바라보는 관계! 마음이 먼저 움직이고 몸이 따라가는 사랑이 누구나 간절히 원하는 사랑일 것입니다.

쇼팽이나 고흐의 작품이 여전히 사랑받는 이유를 한번 생각해보죠. 그들의 작품을 대하자면 그냥 절로 감동합니다. 마음으로 느껴질 때 사랑도 서로를 위해 무릎을 꿇습니다. 노력해서 지켜가는 사랑이 훨씬 가치 있습니다.

한 여인이 절제심을 가지고 운명적인 사랑을 승화시킨 영화 〈매디슨 카운티의 다리〉처럼, 사랑하면서 사랑하는 법을 배웁니다.

어쩌면 사랑은 빈 서랍에 서로의 사랑을 하나둘 채워가는 것인지도 모르겠습니다. 그러나 사랑한다는 이유로 다 내 것이 되지는 않습니다. 사랑에도 내 몫이 있으니까요.

내 환경, 내 능력, 내 성품에 따라 사랑의 크기가 달라집니다. 내 서랍은 작은데 그 서랍에 너무 많은 것을 집어넣으려 한다면 서랍은 닫히기는커녕 곧 망가질 겁니다. 너무 비어 있는 것도 안 되지만 과하게 넘치는 것도 균형을 이루지 못합니다. 내 그릇 이상의 사랑이라면 언젠가는 잃어버리거나 빠져나가게 되어 있습니다. 그러니 아무리 아름답고 멋진 이성도 내 욕망의 크기와 맞지 않으면 욕심을 내서는 안 됩니다. 아무리 사랑하더라도 현실과 괴리가 있으면 사랑을 놓아야 합니다. 사랑과 현실을 구분할 줄 알아야 합니다.

사랑한다는 이유로 해야 할 일을 포기해서는 안 됩니다. 현실을 무시하고 사랑에만 집착하면 불행해집니다. 사랑도 살아가는 과정일 뿐이고 또 지나가게 되어 있습니다. 치열한 사랑이든, 밍밍한 사랑이든 다 한때의 추억입니다. 그러니 사랑도 내 그릇의 크기만큼 욕심내세요. 그것을 거슬렀을 때에는 치명적인 화를 입게 됩니다. 사랑도 내 것일 때, 수평을 이룰 때 안정감이 있고 평화를 안겨주거든요.

내 그릇만큼의, 내가 소유하고 내가 소화할 수 있는 적당한 양, 그것이 내 행복을 지키는 데 필요조건이 됩니다. 지나칠 정도로 집착하거나 소유하려 하지 말고 자유롭게 놓아주세요. 무엇이든 아름다운 것에는 치명적인 가시가 있는 법이에요. 사랑이 그렇습니다. 내 몫의 것을 아름답게 지켜나갈 때 배반의 가시에 찔리지 않고 오래도록 사랑하며 살 수 있습니다.

사랑이 정복할 수 없는 어려움은 없습니다.
사랑이 치료할 수 없는 병은 없습니다.
사랑이 열 수 없는 문은 없습니다.
사랑이 무너뜨릴 수 없는 벽은 없습니다.
사랑이 뉘우치게 할 수 없는 죄는 없습니다.
근심의 뿌리가 아무리 깊어도
앞날이 아무리 절망적이어도
매듭이 아무리 단단해도 문제가 되지 않습니다.
충분히 사랑한다면 이 세상에서 가장 행복하고 강한 사람이 됩니다.

_에멧 팍스

사랑하면서 사랑하는 법을 배웁니다

세상에서 가장 아름다운 단어는 무엇일까요? 행복, 가족, 친구, 성공, 명예 등 수많은 단어 중 가장 먼저 무엇을 선택할까요? 많은 사람이 묻지도 따지지도 않고 '사랑'을 선택합니다. 사랑이 주는 풋풋한 설렘, 사랑하면서 느끼는 행복, 이별 뒤 밀려오는 쓰라린 아픔까지 추억하도록 만드는 게 사랑이니까요.

사랑에는 이유가 없기에 아플 거라 생각하면서도 또 사랑에 빠집니다. 이별 후의 상처를 못 견디게 아파하면서도 또 갈구하는 것이 사랑이죠.

사랑은 추억입니다. 쇼핑몰에서 흘러나오는 노래, 자주 가던 카페의 즐겨 앉던 자리, 둘만 아는 암호 같은 단어에도 사랑은 여전히 숨 쉬고 있습니다. 함께한 모든 것이 둘만의 추억으로 쌓입니다.

사실, 사랑은 아름다운 추억만을 남기진 않습니다. 사랑은 상처도 예정되어 있지요. 가슴 찢어지는 아픔은 사랑과 함께 시작됩니다. 함께 걷던 거리나 함께 머물던 장소, 비슷한 사람의 뒷모습을 보아도 주체할 수 없을 정도로 흘러내리는 눈물 또한 사랑의 상처이고 사랑한 대가입니다.

이별 후 누구나 사랑이 남긴 추억을 때때로 그리워합니다. 그래서 때때로 외롭고 아픕니다. 더러는 영원한 사랑을 믿지 않기에, 또다시 찾아올 아픔이 두렵기에 이별을 하고도 함부로 다른 사랑을 하지 못합니다.

사랑이 기쁨만 안겨준다면 얼마나 좋을까요? 그러나 동전에도 양면이 있듯이 사랑에도 기쁨과 더불어 슬픔이 있습니다. 그 때문에 사랑이 주는 행복감과 고통도 종이 한 장 차이입니다. 수시로 감정이 달라지는 게 사랑이라는 감정이니까요.

사랑과 이별, 간단합니다. 같이 있어 기쁘고 즐거우면 계속 사랑할 것이고, 짜증나고 귀찮으면 이별할 것입니다. 이별 뒤의 아픔을 알면서도 이별합니다. 이별의 아픔은 또 다른 사랑으로 치유

된다는 것을 알기 때문입니다.

사랑이 떠난 자리는 또 다른 사랑이 찾아와 빈자리를 채워주기 마련입니다. 그렇기에 분명, 사랑은 움직이는 동사이지요. 떠나는 사랑에 매달리지도 말고, 내게 온 사랑을 밀어내지도 마세요. 사랑도 경험입니다. 사랑하면서 사랑하는 법을 배웁니다.

사랑을 받는 사람이 된다는 것은 가장 큰 행복입니다.
그러나 사랑을 달라고 요구하는 사람은 진정한 사랑을 받을 수 없습니다.
사랑을 받을 수 있는 사람은 먼저 사랑을 주는 사람입니다.
_버트런드 러셀

많이 힘들었구나, 말 안 해도 알아

우리 모두 리얼리스트가 되자.
그러나 가슴속에 불가능한 꿈을 갖자.

_체 게바라

살붙이 같은 원고를 넘기고 트레이닝복 차림으로 카페에 갔습니다. 가장 구석진 자리에 앉아 다음 원고에 대한 스토리도 스케치하고 또 옆 테이블에 앉은 사람들의 얘기도 들어가며 오랜만에 여유를 만끽합니다.

30대 동료가 나누는 삶의 고민을 듣다가 지나온 나의 30대가 내앞에 줄지어 섰습니다. 하늘 높은 줄 모르고 겁 없이 도전한 날들이 있었기에 지금은 그 순간들을 글로 엮으며 밥을 먹고 있는 거겠지요. 생각해보면 가진 것을 빼앗기기도 하고 또 자발적으로 내어주며 살아 먼 훗날 떠날 때에는 내려놓음에 힘들지 않을 것

같습니다. 내려놓을 것이 많지 않으니까요.

서른 초반 그래도 가장 많은 것을 가졌던 그때 직장에서의 권태, 배신을 당하고 삶 자체에 회의를 느낀 적도 있었죠.

'이렇게 살아도 되나? 나는 왜 사는 걸까?'

이런 생각을 하며 방황하다 보니 그동안 살아온 삶이 나를 위한 게 아닌, 타인의 삶을 흉내 내며 살았던 것임을 깨달았어요. 나의 마음을 먼저 헤아리지 못하고 남의 눈치를 보면서 그저 '척'하며 살았던 거예요. 그 사실을 깨달은 순간 정신이 번쩍 들었죠.

'이렇게 살아서는 안 되겠구나!'

그때부터 나를 위한 삶을 살기로 했습니다. 가장 먼저 내가 원하는 것, 내가 기뻐하는 것, 내가 좋아하는 것을 하나씩 찾았어요. 물건이든, 일이든, 사람이든 우선순위를 철저히 나에게 맞췄죠. 그래서 학교를 그만두고 본격적으로 전업 작가의 길을 걷기 시작했어요. 적게 벌어도 아프지 않고 마음 편한 것이 내가 행복해지는 것이라는 결론을 내렸으니까요.

그렇게 마음먹으니 하루 8~10시간 키보드와 씨름하며 버는 193만 원의 인세가 너무 소중해 함부로 쓸 수가 없습니다. 물건 하나 사는 것도 몇 번을 따져보았는데, 기본 생활에 꼭 필요한 것만 사게 되었죠. 밥, 김치, 김, 그 외 한 가지로 샐러드나 생선, 육류 중에서 선택을 해요. 그러니까 1식 3찬에 길들여졌죠. 한 달에 한 번 나를 위한 선물도 비싼 옷이나 가방이 아닌, 한 송이 장미와 조금의 안개꽃이 전부였지요. 그렇게 익숙해진 삶은 헛된 욕망과 더불어 불필요한 인맥도 비워내게 만들었어요. 아니, 그들이 나를 떠나갔는지도 모르죠. 함께 있어봐야 욕망을 채워줄 사람도 아니라고 생각했을 테지요.

욕망을 버리기까지 나에게 용기를 주고 힘이 되었던 것은 세상에서 가장 아프고 힘들고 고단하게 살아가는 사람들 틈에서 살았던 2년의 경험이에요. 가장 힘들 때 나는 세상에서 가장 힘든 일을 하며 생계를 꾸려가는 사람들 틈에서, 스스로 몸을 가눌 수 없는 아픈 환자들 틈에서 작은 기부를 했죠. 전신을 땀으로 목욕할 만큼 몸이 고단했지만 얼굴엔 웃음이 있었습니다.

물질을 주는 것만이 기부는 아니었어요. 책 읽어주고, 목욕시켜주고, 노래 불러주고, 설거지하고 세탁하는 것 모두가 기부였어요.

정확히 2년의 봉사를 통해 내가 누구이며 무엇을 위해 살아야 하는지를 깨달았습니다. 이후로 타인의 삶을 쫓던 나를 떠나보내고 나를 위한 나다운 삶을 시작했죠. 마음이 편하니까 욕심도 줄고 수시로 앓던 두통도 사라졌어요. 정말 다 내려놓으니 몸이 새털처럼 가벼워진 거예요. 가장 중요한 것은 나를 아프게 했던 사람까지 용서되더라는 거예요. 용서와 화해도 깨달음을 통해 온다는 것을 알게 되었어요.

이제는 글을 쓰는 순간이 가장 행복하다는 것을 느낍니다. 책이 많이 팔리느냐는 차치하고 내가 쓴 글에 애정이 가고 자신감이 생겼다는 말이 정확하죠. 삶의 중턱에 서면 받기보다 주어야 마음이 편합니다. 또 죽음 같은 본질적인 문제도 저절로 생각하면서 살게 됩니다.

나이 들수록 대나무 같은 삶을 살아가고 싶다는 생각을 많이 해요. 대나무는 늙어갈수록 속이 텅 비잖아요. 시간의 기록을 남기지 않아 나이테가 없잖아요. 그래서 대나무는 일정한 시간이 흐르면 더 이상 자라지 않고 다만 단단해지는 것 같아요.

사람도 나이 들수록 비우고 내려놓아야 하는데 그게 쉽지가 않아요. 그럼에도 이제는 욕심 없이 다 내려놓고 단단하게 살아가는 대나무를 닮고 싶어요. 어쩌면 나이를 먹는 것 자체가 스트레스이기도 하지만 그저 지금 하는 일에 애정을 가지고 만족해야죠. 비록 가진 것은 많지 않아 외적 성공은 이루지 못했을지라도 내적 성공을 알차게 이루었다면 성공한 삶이니까요. 이 순간을 사랑하고 그 가운데서 삶의 이유와 기쁨을 발견한다면 내적, 외적의 성공 모두를 안는 게 아닐까요?

결국 행복한 꽃을 피우는 조건도 나에게 있고 꽃을 피우는 힘도 나에게 있어요. 내가 아닌 주변 사람과 사회는 작은 조력자일 뿐이에요. 나를 행복하게 하는 주인은 나라는 사실을 다시 한 번 명심하고 살아야죠. 내 인생은 나의 역사이니까요.

화가는 그림으로 자신의 자취를 남기고 작가는 책으로 자취를 남기죠. 작가나 화가 그리고 유명한 사람이 아니더라도 사람은 얼마든지 자신의 흔적을 남길 수 있어요. 거창하게 몇 년의 시간이 요구되는 자서전이나 몇 개월 걸리는 그림이 아니더라도 가족에게 힘이 되는 소소한 손 편지도 흔적이 되죠.

'봄이 와야 꽃이 피는 것이 아니라 꽃이 피니까 봄이다.'

법정 스님의 이 말처럼 생각의 전환이 중요해요. 실천하는 것이 귀찮고 성가셔서 하지 않을 뿐이에요.

나의 흔적을 남기는 것은 새로운 창조가 됩니다. 시간이 있을 때 더 나이 들기 전에 나의 흔적을 만드는 것이 좋아요. 누구를 위해서라기보다는 나를 위해, 나를 기억하는 소중한 사람들에게 아쉬운 작별을 하지 않기 위해서죠. 훗날 '내가 살아온 흔적을 더 많이 남겨두었더라면' 하고 후회하지 않길 바라요. 후회 또한 쌓이고 쌓이면 걱정이 되고 고통이 됩니다.

나의 역사를 충분히 의미 있게, 아름답게 남길 수 있어요. 조금만 깊이 고민해본다면 말이에요.

정체성을 찾아요

지혜로운 사람은 행동으로 말을 증명하고,
어리석은 사람은 말로 행위를 변명한다.

_탈무드

남편이 대학교수인 친구를 우연히 마트에서 만났습니다. 낯빛이
안 좋아 무슨 일이 있냐고 물었더니 남편이 학교를 그만두었다고
했습니다. 이유를 굳이 듣지 않아도 예감이라는 것이 있으니까
요. 화제를 돌려 세상 돌아가는 이야기를 하며 간단히 브런치를
먹었습니다.

56세면 삶의 중턱을 지나왔습니다. 명예퇴직이든 사직이든 이제
까지 쌓아왔던 모든 인간관계, 직업에 대한 욕망, 삶에 대한 열정
이 한꺼번에 멈추게 됩니다. 한동안 정체성의 혼란을 겪게 됩니
다. 내가 누구인지, 지금까지 뭘 위해 살았는지, 무엇이 옳고 그른

지, 뿌리째 흔들리게 됩니다. 눈뜨면 습관적으로 일어나 출근하던 직장이 사라지니까 마음도 몸도 소속이 없어 허공을 둥둥 떠다닙니다. 부유한다는 것, 느껴보지 않은 사람은 모릅니다.

역사학을 전공한 친구의 남편은 뛰어난 업무 능력, 아래위를 아우르는 인간관계로 교수들 사이에서도 인기가 많다고 친구는 늘 자랑했습니다. 그런데 이제 아침부터 저녁까지 얼굴 마주하며 살아야 하니까 답답한가 봅니다. 그래서 혼란스러운지도 모르겠습니다. 삶의 정체성이 흔들리는 시점이니까요.

하지만 어쩌겠어요? 바꾸어야지요. 소속에 얽매여 익숙하게 살았던 지난 시간을 떠나보내고 새롭게 인생 2막을 시작해야죠. 그동안 어디 소속으로 무엇을 했는지를 털어내고 앞으로 무엇을 하며 어떻게 살아갈지, 어떻게 적응할지를 생각하고 계획해서 실천해야 합니다. 어영부영 지내다 보면 시간만 흘러갑니다. 시간은 누구도 기다려주지 않잖아요.

'나는 누구인가?'에 대한 2막의 정체성을 찾아야 합니다. 시기를 놓치면 정체성의 혼란만 가중되어 이리저리 흔들리다가 중심을 잡지도 못한 채 성난 파도와 강한 바람에 휩쓸리게 됩니다.

2막에 필요한 적당한 호기심, 용기, 열정을 다시 불러내야 합니다. 취미이든 특기이든 몰입할 그 무엇을 찾아내야 합니다. 나를 즐겁게 하는, 기분 좋게 하는 그것을 시작해야 합니다.

일관성을 가지고 1년, 2년, 5년 후의 모습을 상상하며 도전해야 합니다. 아무것도 하지 않으면 아무 일도 일어나지 않겠지만 아무것도 하지 않으면 행복보다는 불행을 만나기 십상이겠죠.

시간만 죽이며 사는 것은 인생 2막의 실패를 불러옵니다. 많은 사람이 명예퇴직 후 일 대신 주식 등 하루아침에 일확천금을 노리는 위험한 투자를 합니다. 대부분 당연히 실패합니다. 그러고는 이렇게 한탄합니다.

"나에게 왜 이런 일이……."

남을 원망하고, 나를 학대해보아도 소용없습니다. 화려했던 과거는 떠나갔고 빈껍데기 미래는 불투명합니다. 나는 죽을 것 같은데 여전히 하늘은 파랗고, 나무는 푸르지요. 세상은 잘 돌아갑니다. 그런 일이 누구에게나 일어날 수 있습니다. 그러나 그 실패가 인생 전부의 실패를 의미하지는 않아요. 잘났건 못났건 모든 게 '내 탓이다'라 생각하면 됩니다.

성공한 사람도 마찬가지입니다. '이보다 더 좋은 일이 있을까?' 할 정도로 돈과 명예를 가졌다 해도 오래가지는 않습니다. 성공이 인생의 전부는 아니니까요. 아무리 잘났어도 하늘 아래 미물일 뿐입니다. 그러니 인생 2막에는 성공에 집착하지 말고 나를 즐겁게 하는 가치 있는 일을 찾아야 합니다. 2막에 맞는 정체성을 찾아야 합니다.

내가 나의 주인공으로 살아가는 그 무엇을 찾으세요. 어느 누구에게도 의지하지 않고 독립과 자유를 바탕으로 즐길 일을 찾으세요. 남의 눈치를 보거나, 남의 생각에 끌리지 않는 나 외의 존재나 힘에 부림을 당하지 않는 일을 하세요. 내가 그 일의 주인공이 되는 일이면 족합니다. 내 인생은 내가 사는 것이고 처음이자 마지막으로 가는 한 번의 인생 여정이니까요.

인생 1막을 가족을 위해 살았다면 2막은 온전히 나를 위해 사세요. 소속에서 굳어버린 남이 바라는 '나'를 깨고, 내가 바라는 온전한 '나'를 찾으세요. 사회가 요구하는 '나'가 아니라 내 안의 목소리가 요구하는 '나다운 나'가 되어야 합니다.

본성에 의해 새는 하늘을 날고 물고기는 강을 헤엄치고 벌은 쏘고 개는 짖습니다. 우리도 마찬가지입니다. 본성대로 사세요. 가장 먼저 나를 사랑하는 마음, 그것이 인간 본성의 출발이에요.

인생 1막에서 나를 사랑하지 않았다면 뉘우치세요. 가슴으로 사랑해주지 못한 것에 아파하세요. 그런 다음 중심을 잡고 미치도록 나 자신을 사랑해주세요.

인생 2막에서는 끝없이 자신을 사랑하세요. 나를 사랑한다는 것은 결국 모두를 사랑하는 것입니다. 진정으로 '나'를 사랑해야 '너'를 사랑할 수 있게 되고 결국 '모두'를 사랑할 수 있으니까요.

필요 이상의 욕망을 내려놓아요

대나무는 속이 비었습니다.
그리고 마디가 있습니다.
그래서 쭉쭉 뻗어나갈 수 있습니다.
지금 시련은 마디가 생기기 위한 시련입니다.
더불어 그 시련을 통해 더욱 성장하기 위해서는
대나무 속처럼 마음을 비워내야 합니다.
_성철 스님

알렉산드로스 대왕이 죽어 천국에 당도했습니다. 그는 생전의

모든 재산을 무겁게 짊어지고 있었습니다. 천국의 문지기가

그를 보고 놀리듯 물었습니다.

"왜 그렇게 무거운 짐을 지고 있는 것인가?"

대왕이 대답했습니다.

"짐이라니요?"

문지기는 저울을 가져와 한쪽에는 왕의 눈을, 한쪽에는 왕의 값지고 귀한 보물과 왕국을 올려놓았습니다. 그러자 놀랍게도 저울은 눈이 놓인 쪽으로 기울었습니다. 문지기가 말했습니다. "이것은 인간의 욕망을 상징하는 눈이다. 그것은 제아무리 큰 왕국과 값진 보물을 가진다 한들 결코 채울 수가 없다." 문지기는 눈의 티끌을 제거했습니다. 그러자 이내 눈이 새털처럼 가벼워졌습니다.

행복을 가로막는 것은 넘치는 티끌, 즉 욕망입니다. 그것을 제거해야 합니다. 그 어떤 욕망이든 이 세상에 욕망은 완전히 채울 수도 없고 채워지지도 않을뿐더러 채울수록 더 큰 화를 부릅니다. 필요한 만큼만 욕망하세요. 그 나머지는 내 몫이 아니라 생각하고 내려놓으세요. 헛된 욕망을 내려놓으면 결국 기본적인 필요만 남게 됩니다. 나에게 꼭 필요한 단순하고 아주 작고 아름다운 것들입니다. 법정 스님의 무소유의 개념과도 일치합니다. 무소유는 아무것도 갖지 않는 것이 아니라 있어도 그만 없어도 그만인 것을 다 내려놓고 나에게 꼭 필요한 것들만 소유하는 것입니다. 분에 넘치는 욕망은 추할뿐더러 사람을 괴물로 만들어버리죠. 사람을 욕망의 노예로 만들고요. 진정으로 행복하려면 일을 할 수 있을 만큼 건강해야 하고, 즐기면서 경제적으로 도움 될 일이 있어야 하고, 쉴 수 있는 작은 방과 약간의 음식과 걸칠 옷, 소소하지만 취미생활을 할 수 있을 만큼의 돈, 그리고 따듯한 마음으로 보듬을 사랑이 있으면 됩니다. 헛된 욕망은 불행을 부르고 분수에 맞는 욕망은 행복을 부르지요.

사는 목적이 무엇이냐는 질문에 누구나 대답은 행복이라고 합니다. 그러나 "행복은 성적순이 아니다"라고 말하면서도 성적을 제일 중시합니다. "돈이 전부는 아니다"라고 하면서도 돈을 최고의 가치로 여깁니다. 물론 돈은 행복의 중요한 조건 중 하나임에는 틀림없습니다. 그러나 행복하기 위한 수단이지 목적은 아니지요. 돈이 목적이 된다면 돈의 노예가 되어 평생 돈을 쫓고, 정작 제대로 써보지 못한 채 쌓아놓기만 하다가 생을 마감하게 됩니다.
삶의 목적은 행복인데 과연 나를 행복하게 하는 현재의 희망은 무엇이며, 5년 후의 희망, 20년 후의 희망은 또 무엇인가를 끊임없이 고민해야 합니다. 나의 행복지표는 무엇인가를 가장 먼저 생각해보세요. 행복하기 위해 나는 건강한가, 지금 하고 있는 일에 대한 보수에 만족하는가, 일에 대한 성취감은 어느 정도인가, 지식은 채워졌는가, 공동체생활 속에서 소통 결핍이 있는가, 사회적 약자에 대한 배풂과 배려하는 마음은 어느 정도인가 등을 따져보세요.

행복해지려면 무엇보다 마음가짐이 중요합니다. 부정적인 마음보다 긍정적인 마음으로 살아가야 합니다. 물론 삶의 기본적 욕구인 먹고 입고 자고 아픈 곳 없는 게 행복의 기본 조건이 되겠지요. 그다음 비로소 '조금 더 행복해지려는 욕망'을 채워가는 겁니다. 사실, 현실에서는 상대적인 것 투성이지요. 같은 월급을 받아도 어떤 이는 만족스러워하고 어떤 이는 적다고 불평합니다. 한 사람은 행복을 느끼지만, 다른 한 사람은 불행하다고 느낍니다. 불행하다고 느끼는 건 상대적 결핍 때문입니다. 형제, 친구, 동료, 등 누군가와 비교를 하고 그 기대치에 미치지 못할 때 소유욕 충족의 부재를 느껴 불행하다고 생각합니다. 다시 말해 남이 봐서는 적당한데 본인은 부족하다고 생각하는 겁니다.

이는 바로 욕심 때문입니다. 욕심이 나를 지배한다고 생각된다면 훨씬 결핍 속에 살았던 때를 생각하며 욕심을 밀어내야 합니다. 가난할지라도 마음에 희망이 있으면 행복할 수 있습니다. 아무리 풍족해도 마음에 절망이 가득하다면 불행할 수밖에 없습니다.

용기를 가지고 조용히 시작해요

우리는 눈을 감는 순간까지 "행복해야 돼, 행복해질 거야"라는 말을 수없이 하며 삽니다. 그런데 행복이란 무엇일까요? 지금 나는 행복의 어디쯤에 서 있을까요? 그 질문에 정확하게 답할 수 있는 사람은 몇이나 될까요? 당신, 지금 행복하냐고 물었을 때 과연 "네"라고 답할 사람은 몇이나 될까요?

행복이 무어냐 물으면 대부분 고개를 갸웃합니다. 개인의 성찰을 용납하지 않은 채 돈, 권력과 같은 시대의 흐름을 끌어안으며 진정한 행복을 밀어내고 있습니다. 행복하려면 어떤 흐름에 몸을 실어야 할까요?

동양권에서는 예로부터 자연의 섭리를 성찰하고, 그에 합치하며 살아가라 했습니다. 아리스토텔레스는 이성적으로 성찰하며 덕을 실현하는 것이 행복이라고 했습니다. 즉, 동양이든 서양이든 진정한 가치의 행복은 감각의 영역이 아니라 이성적 성찰을 통해 얻어진다는 것입니다. 본능이나 놀이에서 느끼는 단순한 쾌감보다도 한 단계 위에 있는 자아실현을 통해 행복감은 최고가 된다는 것입니다.

물론 행복의 기본은 자유로운 프레임 속에서의 즐거움, 쾌감을 말합니다. 본능적인 쾌감도 소중하지만 더 나아가 무언가를 이루었을 때 느끼는 성취감이 최고의 행복감을 안겨주지요. 맛있는 것을 먹고 취미생활로 춤을 추어 느끼는 쾌감도 중요합니다. 그러나 삶의 목적어를 향해 끊임없이 도전하며 하나씩 성취해갈 때 자신의 가치는 높아지고 자존감은 하늘을 찌르게 됩니다. 그 상태가 되면 행복감은 극에 달하죠.

심리학의 연구에 따르면 인간은 쾌감에 적응하기 마련이어서 시간이 지나면 같은 자극은 더 이상 쾌감을 주지 못한다고 합니다. 결국 더 강한 자극을 추구하게 되고, 다시 적응하면서 쾌락 추구의 과정은 계속 반복됩니다.

쾌락의 챗바퀴에 올라타면 계속 앞으로 달려갈 수밖에 없습니다. 돈을 위해서든, 명예를 위해서든 나를 유혹하는 쾌락의 챗바퀴는 계속 돌아갑니다. 가치 있는 행복을 찾든, 단순한 쾌락을 쫓든 무엇을 선택하든 그것은 본인의 몫입니다.

행복이라는 목적은 그것을 직접적 목적으로 삼지 않을 때만 얻을
수 있습니다. 자신의 행복이 아닌 다른 목표에 마음을 집중하는
사람만이 행복할 수 있습니다. 다른 목표를 추구하는 과정에 행
복은 따라옵니다. 지금 스스로에게 행복한가를 묻는다면 행복은
사라지기 마련입니다.

행복이 자아실현보다 오로지 본능적인 쾌락에 가까워진다면 위
험한 노릇입니다. 물론 인생은 즐길 가치가 있습니다. 돈으로 이
루어지는 놀이나 유희 같은 단순한 쾌락이 행복의 요소로 편입되
는 것은 당연하죠. 그러나 돈이면 무엇이든 다 된다는, 즉 행복의
개념까지 변화시키며 쾌락을 추구한다면 그건 위험한 일이에요.
돈이 아무리 많아도 돈으로는 충족되지 않는 욕망은 반드시 있
으니까요. 바로 행복의 진정한 가치인 자아실현 말이에요.

탈무드에 이런 말이 있습니다.

'세상에서 가장 지혜로운 사람은 끊임없이 배우는 사람이다.'

지혜는 수많은 경험을 통해 나오고 숱한 것을 몸소 체험하면서
행복을 느끼게 됩니다. 돈이 전부가 아니라는 생각이 들면 주저
하지 말고 자아실현에 도전하세요.

그럼 어떻게 자아실현을 할까요?

방법은 간단해요. 스스로 동기를 부여해 기회를 만들면 됩니다.

시간이 없다는 말은 핑계일 뿐이에요. 마음이 허락하면 시간은 생기게 되어 있습니다. 다만, 실현 가능한 것이어야 합니다. 취미에 맞게 찾아보는 것도 좋습니다. 악기를 다룰 줄 알면 꾸준히 연습해 재능기부를 한다든지, 글쓰기를 배워 책을 내본다든지, 조각을 배워 전시회에 동참하는 겁니다.

스스로의 형편에 맞게 동기를 부여해 땀을 흘리며 도전하는 게 중요해요. 지독하게 진행형으로 몰입하는 일이어야 행복감은 잠깐 머물렀다가 사라지는 것이 아니라, 밀물처럼 밀려들어 설렘으로 다가옵니다. 설렘은 또 내일을 기다리게 만들죠.

지금 당장 주저하지 말고 도전하세요. 행복에도 용기가 필요합니다. 용기를 가지고 조용히 시작해요.

용기는 근육처럼 사용할수록 강해진다.
_루스 고든

시시포스의 형벌이
끝나는 날까지 나아가야죠

사는 것이 중요한 게 아니라 바로 사는 것이 중요하다.

_소크라테스

지나온 시간을 돌아보니 본격적으로 펜을 든 지 25년이 흘렀습니다. 여전히 글쓰기가 낯설고 설레고 가끔은 어울리지 않는 옷을 입은 느낌도 듭니다. 하지만 내가 선택한 길이니까 끝까지 가야죠.

주말에 평소 알고 지내던 사람들을 만났습니다. 누군가를 만난다는 건 그동안의 나를 스스로 평가하는 시간이기도 하죠. 따뜻한 사람도 많고 차갑거나, 뜨겁거나, 미지근한 사람도 있습니다.

차가운 사람을 만났을 때는 과거를 돌아보고 반성하게 됩니다. 그럼에도 긍정적으로 생각하며 가야 할 길을 걷습니다. 나에게 더 이상 다른 퇴로는 없기에!

나에게 글을 쓴다는 것은 그리스 신화에 나오는 시시포스가 산 아래 있는 큰 바위를 산꼭대기까지 밀어 올리는 것과 같습니다. 시시포스는 온 힘을 다해 바위를 꼭대기까지 밀어 올리지만 바위는 제 무게만큼의 속도로 굴러떨어져버리고, 그는 굴러떨어질 것을 뻔히 알면서도 다시 산 위로 바위를 밀어 올려야 하죠.

시시포스처럼 어쩌면 나도 날아오르는 꿈을 꾸며 글쓰고 있는지 모르겠습니다. 비록 단 한 번 날아올랐다가 추락하더라도 날고자 하는 욕망 때문에 글을 씁니다. 그게 지금의 나의 꿈이니까요. 한번, 두 번, 언제까지 바위를 산 위로 올려야 할지 모르지만 멈출 수는 없으니까요. 살아 있는 동안 반복해야 하는, 내가 나에게 부여한 사명이니까요.

책방에 들렀다가 집으로 돌아오는 지하철 안에서 우연히 시집을 펼치는데 나태주 시인의 '풀꽃'이라는 시가 눈에 들어왔습니다.

> 자세히 보아야 예쁘다
>
> 오래 보아야 사랑스럽다
>
> 너도 그렇다

가슴을 뛰게 하는 시인데요. 나는 과연 지나온 내 삶을 자세히 들여다보며 살아왔는지 자문해보았습니다. 한 번뿐인 인생, 후회 없이 살고 있는가를 생각해보지만 명쾌한 답을 하지는 못했습니다. 살면서 숱하게 부딪히고 부딪혀서 깨져왔기에 반은 좌절로, 그럼에도 반은 다시 일어나 도전을 택했습니다. 다시 바람 부는 낭떠러지에 섰고 그래서 두렵고 무섭지만 포기할 수 없습니다. 거센 바람을 가슴으로 이겨내야 합니다. 그렇지 않으면 바로 천 길 낭떠러지니까요.

누구에게나 편한 삶은 없으니까요. 나름의 무게를 안고 사니까요. 그 사람이 무엇을 하고, 어떤 지위에 있건 그만큼의 무게를 안고 살아가니까요. 남과 비교하며 특히 누군가를 부러워하는 건 옳지 않아요. 부러워할 시간이 있다면 내 안에서 행복을 찾아야죠.

나이가 들면서 눈높이를 맞춰 세상을 바라보니까 한결 편안해졌습니다. 탈무드에 이런 말이 있습니다.

'모든 고통은 비교에서부터 온다.'

돌아보면 젊은 날 비교했던 삶은 늘 피곤했습니다. 이제는 현실을 받아들이고 내 안에서 행복을 찾기로 했습니다.

한 노시인은 이렇게 말했죠. '떠나라 낯선 곳으로, 그대 하루하루의 낡은 이 반복으로부터'라고! 살다가 힘들 때는 낯선 곳을 찾아갑니다. 드라마 〈미생〉의 장그래가 그랬던 것처럼 나도 오 차장을 따라나섭니다. 맛있는 삶을 원한다면……

누군가는 "많은 것을 던질 용기가 있느냐?"고 반문하겠죠. 하지만 낯선 곳이 그리웠던 만큼 찾아가면 응원해주는 새로운 사람도 만나죠. 마흔이든, 쉰이든 홀홀 털고 떠날 용기가 있어야 해요. 걷고 또 걸어서 이르지 못할 길이 없으니까요. 나 자신을 믿고 용기 있게 도전한다면 시시포스의 형벌이 끝나기 전까지는 무언가를 성취하겠죠, 끝까지 나아간다면!

그대 자신을 사랑하라

그대 자신에 집착하지 마라.
자기 자신에 집착하는 것,
이것이 그대가 여러 해 동안 해온 일이다.
우리는 아주 사소한 일에 집착한다.
그대는 무엇인가에 매달리려고 한다.
그러나 이 매달림이 번뇌와 불행의 씨앗이다.

내면 깊은 심연 속에 그대 자신을 방치하라.
일단 방치하면 그대는 심연 자체가 된다.
이때 죽음은 존재하지 않는다.
무의 심연이 어떻게 죽을 수 있겠는가?
노력하지 말라, 다만 그것과 함께 흘러가라.
유동적이고 자연스러운 상태를 지켜라.

그대 자신과 싸우지 말라.
그대 자신을 받아들이고 유연하게 대처하라,
인격과 도덕이라는 틀을 만들지 마라.
너무 계율에 얽어매지 마라.
그렇지 않으면 계율은 그대 자신을 가두는 감옥이 된다.

상황과 더불어 유연하게 감응하라.
과거와 미래에 얽매이지 말고
현재 직면한 상황에 전체적으로 감응하라.
고정된 인격이라는 갑옷으로 무장하지 말라.

얼음처럼 차갑고 딱딱한 사람이 되지 마라.
물처럼 유연하게 흘러가라.
자연이 어디로 인도하건 그대로 따라가라.
저항하지 마라.
그대 자신에게 아무것도 강요하지 마라.
언제나 그대 자신을 사랑하고 받아들여라.

_오쇼 라즈니쉬

PART 2

삶이란 수많은
음표로 이어진 협주곡

사람은 입의 열매로 말미암아 복록에 족하며 그 손이 행하는 대로 자기가 받느니라.

_구약성경, 잠언 제12장 14절

삶이란 수많은 음표로 이어진 협주곡

인생이라는 책을 들춰보면 대부분의 페이지는 텅 비어 있다.
당신의 사색으로 그 공간을 채워나가야 한다.

_라빈드라나트 타고르

얼마 전 광주의 한 지역을 지나가던 중, 구청에 내걸린 희망의 문구에 시선이 사로잡혔습니다.

'지금 힘든 건 지나가는 구름이야, 기죽지 말고 힘내'

'걱정 말아요, 행복이 예정된 당신인 걸요'

행복이 예정되어 있다면 아마도 지금처럼 치열하게 살지는 않겠지요. 기다리면 행복이 온다고 생각할 테니까요.

행복을 끌어안으려면 어떻게 해야 할까요? 자신을 사랑하면서 행복할 거라는 확신을 가져야 합니다. 두려움에 맞서는 용기도 가져야 합니다. 그다음 단단한 의지를 가지고 적극적으로 행동해 나아가면 됩니다.

'내 것이다'라는 생각이 들면 무조건 밀어붙여야 합니다. 또한 무엇을 해서 무엇이 될까를 구체적으로 따져보아야 합니다. 물론 자신이 잘할 수 있는 일이어야겠죠. 현재의 환경, 성격, 나의 재능과 능력을 고려한 후에 도전해야 합니다.

무슨 일을 하든 나의 정체성에 맞아야 합니다. 정체성이란 남과 구별되는 특별한 '나'를 의미하겠지요. 정체성이 나에게 맞는다면 어떤 일이든 내 눈높이에 맞을 거예요. '나는 누구인가?', '무엇을 해야 행복한가?'에 대한 답을 제대로 찾아낼 때 자기 자신의 가치 인정은 물론 스스로를 귀히 여길 수 있습니다. 내가 진짜 좋아하고 즐겁게 할 수 있는 일이라면 자신감을 갖고 꿋꿋이 도전할 수 있습니다.

좋은 일이든 나쁜 일이든 외부 조건에 관계없이 무조건 도전해 나아가야 합니다. 이를 위해 중요한 것은 일관성 있는 계획, 단단한 마음가짐, 성실한 습관입니다. 또 실패했더라도 긍정적으로 여유를 가지고 계속 나아가는 꾸준함입니다.

행복이 미래의 어느 날, 어디쯤에 있을 거라고 막연히 생각하지 마세요. 지금 여기 나와 함께 함께하는 사람들 속에서 즐기며 기쁨을 찾으세요. 그게 곧 행복입니다.

우리는 어려서부터 "넌 커서 뭐가 될래?" 하는 말을 수없이 들으며 자랐습니다. 꿈이 무엇인지, 무엇이 되고 싶은지의 귀결점은 행복입니다. 대부분의 사람은 "나는 이런 사람이 될 거야!"라고 말하지만 그와 정반대 방향으로 달려가기 때문에 행복을 만나지 못합니다. 행복의 목적어는 사람마다 다르니까요.

누구든지 '무엇을 어떻게 해서 어떤 사람이 될 거야'라는 인생의 주어와 목적어는 같지만 능력과 취향에 따라 해야 하는 일은 다릅니다. 행복의 목적어가 되는 '내 것'을 찾아 스스로 알을 깨고 나와야 합니다. 나의 재능과 능력은 못 미치는데 목적어가 너무 높거나 적성에 맞지 않으면 반드시 실패할 수밖에요. 도스토옙스키는 말했습니다.

"꿈을 밀고 가는 힘은 이성이 아니라 희망이고 머리가 아니라 심장이다."

내 몸에 맞는 목적어를 찾아 달려가면 못 이룰 것은 없습니다. '내 것'을 찾아 나를 사랑하고 존경하며 목적어를 하나씩 이뤄가는 것이 '나다운' 삶을 사는 것입니다. 성공한 사람들을 한번 보세요. 그들은 시류에 휩쓸리지 않습니다. 세대 구별 없이 사랑받는 비틀즈를 한번 보세요. "우리는 히트곡을 쓸 거야!"라고 말해놓고도 무작정 유행을 따르는 곡은 쓰지 않았지요. 오로지 자신들만의 독특한 멜로디로 차별화했습니다.

진정 행복해지려면 나의 정체성을 살리는 일을 해야 합니다. 누구나 한 가지의 재능은 타고납니다. 그 재능의 불씨를 찾아내어 열정적으로 불을 지펴야 합니다.

땅속에 아무리 값진 금광석이 묻혀 있더라도 캐내어 제련하지 않으면 그저 돌에 지나지 않습니다. 수많은 사람이 시스템에 떠밀려 무엇을 원하는지 모른 채 결국 직업에 자신을 내맡깁니다. 자기 일에 열정이 없다면 꿈을 이루기 어렵습니다. 성공은 열정과 인내심으로 일을 해나갈 때 찾아옵니다.

가난한 부두 노동자의 자식으로 태어난 파가니니는 어릴 적부터 바이올린을 가지고 놀았습니다. 낮이고 밤이고 놀이처럼 오래도록 바이올린을 켜며 놀았기에 그의 바이올린 소리는 사람들의 마음을 사로잡았지요. 바이올린에 대한 지독하리만치 치열한 사랑이 그를 최고의 바이올리니스트로 만들었습니다.

그렇습니다. 좋아하는 것을 포기하지 않고 치열하게 붙들고 늘어지면 저마다의 파가니니가 될 수 있습니다. 아무리 재능이 많아도 아무것도 하지 않으면 그 무엇도 될 수 없습니다. 재능 그 자체만으로는 불꽃을 피울 수 없으니까요.

새로운 그 무엇을 만들어야 사람의 마음을 얻을 수 있습니다. 그리되기 위해서는 하나의 것을 선택해서 외롭고 고독하더라도 오래도록 탐구의 시간을 가져야 합니다.

'패자는 눈이 녹기를 기다리지만 승자는 눈을 밟아서 길을 만든다.'

행복의 문은 치열함과 진정성으로 두드릴 때 열립니다. 각고의

노력이 있어야 나만의 무늬와 색깔, 그리고 귀한 향기를 지닌 걸
작을 만들어낼 수 있습니다.

이제 세상에서 그 누구도 흉내 낼 수 없는 단 하나의 작품을, 그
런 인생을 만들어가세요. 오랜 시간이 지나야 한 번 꽃을 피우는
대나무처럼 집념을 가지고 좋아하는 일에 몰입하며 기어코 '나다
운' 인생의 꽃을 피우세요. 나다운 꽃을 피우는 과정이 곧 행복입
니다.

결혼이란 스스로를 낮추며
양보하며 배려하는 것

성공적인 결혼생활을 하려면
여러 번 사랑에 빠지는 것이 필요하다.

_미농 맥롤린

옆집에 갓 30대로 보이는 젊은 부부가 이사 왔습니다. 나는 호기심 가득한 눈으로 그들을 지켜보았습니다. 웃음이 떠나지 않는 둘의 모습이 절로 내 시선을 붙잡았지요. 부부는 서로 흘러내리는 땀을 연신 닦아주며 집 안을 들락거렸는데, 설렘 가득한 그들이 어찌나 순수해 보이던지 첫인상이 참 좋았습니다.

설렘을 주는 사람이 곁에 있다는 것은 축복입니다. 특히 사랑하는 사람이 그 존재라면 최고의 선물이지요. 아무리 사랑하는 사람을 신중히 선택해도 결혼하고 나면 본성이 드러나게 마련입니다. 사람의 성격은 쉽게 바뀌지 않으니까요.

사실, 살면서 가장 큰 기쁨 못지않게 아픔을 주는 이는 다름 아닌 사랑하는 사람입니다. 가장 깊숙이 인연을 맺고 살아가는 사람이 지나고 보면 가장 찬란한 빛과 깜깜한 어둠을 선물합니다.

영화 〈비포 선라이즈〉에서 셀린느는 말합니다.

"신은 너와 나 사이에 있어."

진정한 사랑은 너와 나 사이의 경계가 사라지는 세상에 존재합니다. 사랑하는 동안에는 서로에게 신과 같은 존재가 됩니다. 때로는 안전을 지켜주는 신호등과 같고 어디로 가야 할지 몰라 방황할 때는 나침반이 되어줍니다. 사랑하기 전보다 책임감을 가지고 더 열심히 일하고 주변도 돌아보며 나누는 마음 또한 갖게 됩니다. 넉넉해지는 웃음, 여유가 늘어나는 마음, 어깨에 힘이 들어가는 행동이 사랑하는 사람들에게서 찾아볼 수 있는 표정입니다.

물론 여자와 남자는 생각의 차이가 있습니다. 여자는 사랑의 시작과 함께 신앙처럼 사랑에 목숨을 걸지만 남자는 사랑과 함께 출세를 향해 노를 젓습니다. 사랑이라는 것이 물리적으로 가깝다고 해서 마음까지 가깝지는 않지요. 함께 노력해야 종국에 행복한 가족이 됩니다. 본성은 쉽게 바뀌지 않지만 바뀌려고 마음먹고 노력하면 조금씩 변화할 수도 있습니다.

그 어떤 사랑이든 시작부터 끝까지 한결같지는 않습니다. 사랑이 식으면 어긋나게 되어 있고 어긋난 사랑에다 아무리 큐피드의 화

살을 쏘아도 받아들여지지 않습니다. 사랑이 아프다면 아픈 곳을 찾아 제대로 치유해야 제자리를 찾습니다. 사랑이 완전히 자리 잡지 못하면 흔들리게 되고 삶의 궤도를 이탈하게 되어 파국으로 치닫습니다.

행복한 사랑은 둘이 함께 노력하는 그 의지에 달려 있습니다. 내일 지구의 종말이 온다 해도 한 사람을 위해 살겠노라 스스로에게 맹세하면 됩니다. 맹세와 동시에 책임과 의무를 충실히 할 때 진정한 부부, 가족이 됩니다.

먼저 간 예술가의 사랑에서도 아름다운 사랑을 찾아볼 수 있습니다.

"애인이 있는 곳이 고향인 것 같아. 나, 파리에 가면 우리 둘만을 위해 살고 노력하고 싶어. 조국이 더 큰 거라면 사랑하는 사람은 조국이기도 해."

추상화의 선구자이자 현대미술의 거목인 천재 화가 김환기가 자신의 아내 김향안에게 한 말입니다. 물론 김향안은 천재 시인 이상의 아내이기도 했죠. 김환기는 좌절하고 힘들 때마다 아내에게서 힘을 얻고 위안을 받았다고 전해집니다.

얼마나 의지하고 사랑했으면 사랑하는 아내를 조국에 비유했을까요? 상상이 가지 않지만 진정한 사랑은 애정뿐 아니라 존경하는 마음까지 갖고 있어야 합니다. 확고한 믿음과 변함없는 지지

가 없으면 존경한다는 표현을 할 수가 없어요.

누구나 처음에는 맹세하듯 "당신만을 사랑할게. 영원히 변치 않을게"로 사랑을 시작합니다. 그러나 결혼 후에는 서로 다른 환경에서 자란 두 남녀가 한 울타리에서 싸우지 않고 살기란 쉽지 않습니다. 살다 보면 전혀 예상치 못한 일들이 벌어지니까요. 서로를 낮추면서 상대를 먼저 배려하지 않으면 모든 것을 공유하며 살 수 없습니다.

먹는 것부터 입는 것, 심지어 잠버릇까지 다르니까, 결혼생활을 시작한 이래 아마도 서로에게 맞추며 적응하는 기간도 꽤 될 겁니다. 결혼한 이상, 마음에 들지 않더라도 자신의 감정을 조절하며 양보하고 희생하세요. 상대는 사랑하는 사람이니까요.

42.195킬로미터의 장거리 마라톤

이 세상에 모든 것을 완벽히 갖추고 살아가는 사람은 없습니다. 누구나 자기만의 결핍을 안고 살아갑니다. 경제적 결핍, 지적 결핍, 외모적 결핍, 성격적 결핍, 사회적 결핍 등 갖가지 결핍은 선천적·후천적으로 인생에 영향을 미칩니다. 예컨대 부모에게서 대물림된 가난은 극복의 노력을 기울이지 않는 한 계속됩니다. 물론 노력하기에 따라 충분히 가난을 벗어날 수 있습니다.

사람을 잘 믿는 성격 탓에 나 역시 경제적으로 지독하게 고생한 적이 있습니다. 돈을 빌려주고 보증을 잘못 섰기 때문이지요. 그

경제적 결핍 덕분에 지금은 절약이 일상화되었습니다. 간신히 입에 풀칠할 정도로 힘들었던 그 시절, 아이 손을 잡고 쇼핑을 하고 여행을 가는 것은 언감생심이었죠. 경제적 결핍은 자연스레 은둔의 삶으로 몰아갔지만 한편으로는 나의 실체를 정확히 알게 해주었습니다. 작은 소득에도 감사하며 살 수 있는 지금, 그때의 경험이 없었으면, 아니 풍요롭게 계속 살았다면 거기에 익숙해져 작가의 길을 가지 않았을지도 모릅니다.

가난해도 행복을 느낄 수 있다는 진리를 나는 마흔이 되어서야 깨달았습니다. 돈이 많고 명예가 높아도 반드시 행복한 것은 아닙니다. 겉으로 보이는 것이 행복의 전부가 아니니까요. 그 당시 어려운 시기를 홀로 버틸 수 있었던 것은 "가족이라는 이름으로 함부로 기대지 마라"며 어릴 적부터 귀가 따갑도록 들은 아버지의 말씀 때문이었습니다. 나를 극복하지 않고서는 남을 이길 수 없다고, 자수성가하신 아버지는 늘 말씀하셨지요.

옛말에 가난도 대물림된다고 합니다. 가난한 부모 밑에서 자란 아이들은 스스로 가난의 탈피를 벗어던지지 않는 한 가난의 굴레에서 벗어나기 힘듭니다. 자식들은 가난한 부모를 지켜보면서 "난 아빠처럼 살지 않을 거야. 난 엄마처럼 살지 않을 거야" 해놓고도 세월이 흐르고 보면 자신이 부모를 닮아가고 있다는 것을 느끼게 됩니다.

가난이 왜 대물림될까요? 부모가 깔아놓은 가난의 프로그램을 자식 역시 보고 배우며 길들여지기 때문입니다. 부모가 가난한 삶을 행동으로 보여주며 가난해지는 프로그램을 알려주기 때문입니다. 지금 지독한 결핍 속에 살고 있다면 "난 아빠처럼, 엄마처럼 살지 않을 거야"라는 말 대신 가난하게 살고 있는 이유를 냉정하게 평가하고 성찰해야 합니다. 그리고 부모가 깔아놓은 '가난 프로그램'을 과감히 삭제하고 자신만의 '부자 프로그램'을 깔아야 합니다. 그리고 가난에서 벗어나는 방법을 말 대신 행동으로 하나씩 실천에 옮겨야 합니다. 세상의 결핍 중에서 가장 불행하게 만드는 것은 경제적 결핍이니까요. 삶은 현실입니다. 부모가 깔아놓은 '가난 프로그램'을 그대로 답습한다면 비참하게 살 뿐입니다.

한평생을 살면서 가난은 누구나 만납니다. 그것이 경제적 결핍이든 질병, 가족 간의 불화와 같은 정신적 결핍이든 말이지요. 위기의 순간에 어떤 생각을 하고 어떻게 대처하느냐에 따라 내일의 운명이 달라집니다. 단단한 마음가짐으로 살아가지 않으면 죽을 때까지 결핍 속을 방황하다가 죽게 됩니다. 어영부영 살지 말고 오늘에 목숨 걸고 살아야 합니다. 그게 결핍에서 벗어나는 방법입니다.

이 순간에도 누군가는 경제적·정신적 가난 때문에 위기를 만나 원망의 목소리를 던지며 하소연을 하고, 또 누군가는 긍정적으로 받아들이며 이겨낼 것입니다. 공평하다고 생각하면 세상은 공평한 것이고, 불공평하다고 생각하면 죽음까지 불공평하니까요.

인생은 게임입니다. 이기고 지는 사람은 분명히 있습니다. 만약 강한 자, 부자 캐릭터가 아닌 처음부터 가난한 자, 약한 캐릭터를 부여받았다면 본인 입장에서는 몹시도 억울하겠지만 어쨌든 스스로 도전해야 합니다. 그리하여 결핍이 아닌 풍요의 줄에 서야 합니다. 인생이라는 게임은 끝까지 가야 승패가 갈리니까요. 9회 말 야구처럼! 끝까지 살아봐야 합니다. 물론 처음부터 밀리면서 시작한다면 승리는 불확실하지만 그럼에도 꿋꿋이 자신감을 가져야 합니다. 역전의 기회도 찾아오니까요. 그래서 인생은 흥미로운 겁니다.

인생은 100미터 단거리 달리기가 아니라 42.195킬로미터의 장거리 마라톤입니다. 쉽게 승부가 결정되지 않습니다. 스스로 노력하여 결핍을 벗어나 풍요 속으로 들어가더라도 자만해서는 안 됩니다. 가난했던 시간은 추억으로, 가난해서 받은 상처는 상처대로, 가난해서 억울했던 서글픔은 서글픔대로 가슴속에 간직하며 살아야 합니다. 그리고 '부자 프로그램'을 실천하며 담담히 오늘을 잘살면 됩니다. 그래야 지독히 추웠던 겨울은 영원히 떠나가고 따뜻한 봄이 오래도록 머물 테니까요.

풍요를 잃기는 쉬워도 지키기는 어렵다는 말이 있습니다. 풍요의 현실에 안주하지 말고 꾸준히 노력해야 더 큰 풍요가 눈부신 빛을 짊어지고 나를 만나러 옵니다. 내가 걸어야 내 길이 열리고 내 길이 열려야 내 삶이 되듯이 노력해서 스스로 가난을 탈출하고 나면 넉넉한 풍요가 나를 반깁니다.

저는 그동안 남에게는 괜찮냐는 안부도 묻고
잘 자라는 굿나잇 인사를 수없이 했지만
정작 저 자신에게는 단 한 번도 한 적이 없거든요.
여러분도 오늘 밤은 다른 사람이 아닌
자신에게 "너 정말 괜찮으냐?"고 안부를 물어주고
따뜻한 굿나잇 인사를 하면 좋겠습니다.

_드라마 〈괜찮아, 사랑이야〉 중에서

이별에 대한 예의

떠났네, 훨훨 밤에게서 별을
낮에게서 해를 가져갔네.
떠났네, 이제 내 마음에는 구름만이 남았네.

_알프레드 테니슨

뜻밖에도 직장 동료가 부친상을 당해 조문했습니다. 참 인생이라
는 것이 불가사의하다는 생각뿐입니다. 한 시간 후에 무슨 일이
일어날지 아무도 모르잖아요. 어쨌든 오늘은 이별을 생각하는 시
간이 되었습니다.

좋은 이별이든, 좋지 않은 이별이든 헤어진다는 것은 반드시 끝
만 의미하는 것이 아니라 또 다른 만남을 약속하거나 시작하는
것이에요.

예를 들어 지독하게 사랑하는 사람으로부터 이별 통보를 받았을
때 일반적으로 고통과 분노 속에 자신을 가두며 아파하게 됩니

다. 그러나 그것은 옳은 방법이 아닙니다.

그 사람 때문에 햇빛 없는 곳에 스스로를 감금하고 아프게 하는 것은 현명한 방법이 아니에요. 현재 속에 나를 살게 해야지, 과거 속에 묶어두며 나를 힘들게 하면 미래 또한 암흑일 뿐이에요. 비록 옷장 안에 데이트할 때 입었던 옷이 걸려 있고, 해변가 산책로를 따라 함께 걸으면서 찍었던 휴대전화 인증샷도 남아 있고 기념일 때마다 주고받은 선물이 서랍 가득히 있더라도 추억은 추억으로 남겨두세요. 그래야 아름다운 것이에요.

현실을 받아들이고 인정해야 해요. '그를 만나지 않았더라면 좋았을 텐데, 그를 사랑하지 않았더라면 좋았을 텐데' 하며 후회하는 것은 나를 부정하는 것이니까요. 만났던 사람, 사랑했던 기억은 사라지지 않으니까요.

만남, 사랑, 이별까지도 인정하고 받아들이세요. 그럴 때 상처가 치유되고 한 단계 성숙한 인간으로 성장합니다.

지난 일에 대한 후회보다는 현실을 긍정적으로 받아들이는 것이 현명한 내일을 만날 수 있어요. 이별을 실패라 생각하지 말고 또다른 만남을 위한 준비 과정이라 생각하세요. 성공적인 만남을 위한 기초가 되었다고 생각하면 됩니다. 한때 사랑했던 사람이 나를 떠났다고 해서 내 삶이 정지되는 것도 아니고 떠날 사람을 붙잡는다고 해서 갈 사람이 돌아오지는 않으니까요.

빛이 있는 세상 속으로 나를 억지로라도 밀어 넣어보기로 해요. 이별한 사람에게는 빛이 유일한 약이니까요. 지금 맞은 이별은 앞서 이별을 위한 여러 번의 준비를 거쳤을 거예요. 이별 선언을 지금 했을 뿐이지요. 이미 이별이 예정되어 있었다는 말이지요. 이별에도 이유가 있을 것이고 떠난 사람 또한 가야 할 이유가 있었을 테지요. 몸으로 마음으로 용서가 되지 않더라도 용서해야 합니다. 떠난 사람을 위해서가 아니라 남아 있는 나를 위해서 말이에요. 그래야만 상처를 치유하고 새로운 만남을 받아들일 수 있습니다.

그를 용서한다는 의미는 그와 함께한 과거 속의 나를 해방시키는 것입니다. 자유로운 몸이 되는 것입니다. 그래야만 새로운 사람을 받아들일 수가 있으니까요. 용서한다고 해서 하루아침에 그를 잊을 수 있는 것은 아니지만 용서함으로써 새로운 사람을 받아들일 마음의 준비를 하는 것입니다.

용서는 마음의 짐을 내려놓는 것입니다. 그리고 자유로운 나를 다시 찾는 것입니다. 그리스 철학자 소크라테스는 "너 자신을 알라"고 했습니다. 이별의 경험은 나 자신에 대해 더 많이 알게 되는 계기가 되었을 것이고 아픔을 통해 나를 더 성숙하게 해주고 인생을 배우게 합니다.

사랑에 용서하는 마음, 떠난 사람에게 배려하는 마음을 남긴다면 그와의 매듭은 깨끗이 정리되고 새로 만난 사람에게도 배려하는 마음, 더 잘해주고 싶은 마음이 생깁니다. 두 번 다시 실패하는 사랑을 하고 싶지 않기 때문입니다.

용서는 배려의 또 다른 말이라 할 수 있습니다. 배려하는 사랑, 용서하는 사랑이 나를 더 큰 사람으로 만듭니다. 지금 이별했다고 해서 어둠 속으로 나를 밀어 넣지 말고 환한 세상으로 나오세요. 버릴 것은 버리고 잊을 것은 잊고 그래도 잊히지 않는다면 시간 속에 저장해두세요. 언젠가는 서서히 잊히니까요.

이별을 통해 배우는 것은 힘든 시간을 견뎌야 하는 인내심입니다. 자신에게 힘찬 박수를 보내세요. 그리고 자신을 믿고 마음가는 대로, 내 이성이 시키는 대로 하세요. 내게 가장 좋은 것은 내가 더 잘 아니까요.

현재를 살아야 합니다. 그것이 내일 만날 새로운 추억에 대한 예의랍니다.

쉼, 살아 춤추는 풍경으로 떠나요

익숙한 일상에 지치면 모든 것이 다 귀찮아집니다. 그럴 때에는 한 발 뒤로 물러나 지나온 시간을 돌아보는 것도 나를 편안하게 하는 방법입니다. 살면서 솟구치는 우울, 분노, 좌절감을 음악으로 다스릴 수 있습니다. 음악을 듣는 것, 노래 부르는 것은 위안을 주기도 하고 지치고 힘든 영혼을 따뜻하게 데우는 난로 역할을 합니다.

또 다른 방법은 여행입니다. 가까운 곳으로 발걸음을 옮겨도 좋고 평상시에 자주 가지 않던 곳을 찾는 것도 좋습니다. 혼잡한 도심 속으로 몸을 밀어 넣어도 좋고 인적이 드문 외딴 섬을 찾는 것도 좋습니다. 가벼운 배낭 하나 메고 길 떠나기, 일상에서의 탈출이 지친 마음을 회복하는 방법입니다.

비록 일상을 떠난다고 하지만, 때론 일상으로 더 깊숙이 빠져들기도 하지만, 여행은 내면의 성찰을 안겨줍니다. 먹여 살리기 위해 책임져야 할 가족도 잠시 잊고 나를 찾는 삶의 부채도 내려놓고 떠나면 됩니다. 나를 둘러싼 삶의 흔적을 자발적으로 유예시켜두고 홀가분하게 떠나면 됩니다.

내가 주로 가는 곳은 외딴 섬입니다. 하루에 두 번 배가 섬과 육지를 오가기 때문에 섬으로 들어가거나 섬에서 나오려면 오랜 시간을 기다려야 합니다. 그때 재촉하지 않고 넉넉하게 기다리는 법을 배우게 됩니다.

여행은 '빨리빨리'에 길들여져 있는 이들에게 '기다림'이라는 인내의 시간을 요구합니다. 외딴 섬으로의 여행은 간이역이 곧 도착역이라 중간에 내릴 수가 없습니다. 처음부터 목적지가 하나니까요.

배를 타는 순간 들어갈 때는 섬이 목적지가 되고 나올 때는 육지가 목적지가 됩니다. 마치 태어남과 죽음을 나타내는 인생을 연상시킵니다. 깨끗한 바닷가에 모여 있는 시커먼 유빙 덩어리는 힘들었던 순간의 고통의 덩어리를 보는 듯합니다. 또 바위틈에

보랏빛으로 예쁘게 피어 있는 해국은 화려했던 순간을 떠오르게 합니다.

지난날 단 한 번의 잘못된 선택으로 오랫동안 타인의 삶을 내 삶인 줄 착각하며 살았던 적이 있습니다.

지금도 그때를 생각하면 지옥이라는 생각밖에 들지 않습니다. 천방지축 다니다가 물 밖으로 튀어 올라 고생하는 청개구리처럼 타인의 방에서 타인의 모습으로 타인의 삶을 살았기 때문에 잃은 것도 많고 상처도 컸습니다.

상처를 많이 받았다는 것은 치열하게 살았다는 증거이기도 하지만 여전히 지우고 싶은 시간입니다. 그 상처로부터 떠나기 위해 이렇게 발버둥치는 것도 부질없는 짓인지 모릅니다. 어쩌면 상처로부터의 떠남은 또 다른 상처의 도착이니까요.

어쨌든 상처의 치유를 위해 떠나야 합니다. 머리에서 가슴까지의 거리는 물리적으로 따지면 30센티미터도 안 되지만 상처가 머리에서 가슴으로 내려가 치유가 될 때까지는 1년이 걸릴 수도 평생이 걸릴 수도 있으니까요. 반드시 위로하고 토닥이는 치유의 시간이 필요합니다.

치유라는 것도 별게 아닙니다. 정착을 못해 바람처럼 떠돌던 아픈 마음이 무엇을 만나 화사하게 피어나는 들꽃 같은 웃음을 터뜨린다면 그것이 치유니까요.

생각해보면 섬으로의 여행은 지치고 힘이 들지만 느끼고 배우는 것이 많습니다. 현지인이 직접 채취한 굴로 정성껏 차려주는 굴밥 정식은 푸근하고 정겹습니다. 흐린 하늘 아래 '쏴아' 하며 밀려오는 갈색과 녹색이 어우러진 비누 거품 같은 파도는 시선을 멈추게 합니다. 만물이 붉게 물들어가는 늦은 오후가 되면 바다도 섬도 느릿하게 붉은 빛으로 곱게 물들어갑니다.

세상에서 가장 푸근한 풍경이 멈추어 춤을 춥니다. 무엇이든 흐르다가 머무는 것은 섭리이니까요. 언제 어디서 누구와 함께 머물지 모르지만 원하는 곳에서 스스로를 치유해야 새로운 출발을 할 테니까요. 별을 친구 삼아 거침없이 하이킥을 하는 바닷물고기, 비릿한 바다 향, 바다의 고운 결은 힘든 시간을 다 흘려보내게 만드니까요.

그저 아름다운 것에는 침묵으로 '끌어당김'의 법칙을 적용하며 마음을 끌어안습니다. 그대로의 나를 인정해주고 보듬어주는 곳, 오감을 만족시켜주는 곳이 자연입니다.

프랜시스 스콧 피츠제럴드는 《위대한 개츠비》에 이런 말을 썼습니다.

'그러므로 우리는 물결을 거스르는 배처럼 끝없이 과거로 떠밀려가면서도 앞으로 계속 나아가는 것이다.'

앞으로 계속 나아가기 위해서는 과거를 기억하되, 지나치게 집착해서는 안 됩니다. 아기가 첫 걸음마를 시작할 때처럼 아무리 힘들어도 두려워하지 말고 무조건 앞으로 한 걸음 내딛어야 합니다. 힘차게 내딛고 나면 그다음부터는 두려움이 사라지고 자신감에 두 걸음 세 걸음 나아가게 됩니다.

미치도록 몰입하며 일하고 나서는 쉬어야 합니다. 물건도 오래 쓰면 낡거나 망가지는 것처럼 사람도 반복되는 일상을 살다 보면 지치고 쓰러집니다. 그럴 때에는 가슴이 시키는 대로 떠나야 합니다. 떠남은 일상에서 멀어지는 것이 아니라 삶 깊숙이 파고들기 위함이니까요.

잊기 위해 버리기 위해 떠나지만 사실은 풀리지 않는 문제를 정확히 진단하고 해결점을 찾기 위해 떠나는지도 모릅니다. 기억이 순서에 따라 쌓여 추억이 되듯, 즐거움이 시간의 순서에 따라 쌓여가는 것이 행복이니까요.

돌아보니 여행은 청춘에게는 배움의 시간이고 나이 든 사람에게는 추억의 시간이었습니다. 누구나 사는 동안 '인생 풍경'을 드로잉하는 아마추어 작가입니다. 남의 그림은 쉽게 그리지만 내 그림은 쉽게 그려지지 않아 머뭇거리다가 중요한 포인트를 놓쳐버리고 후회합니다. 그래서 어설픈 풍경화를 그릴 수밖에 없는 아마추어 작가입니다.

열심히 일한 후의 쉼이라는 보상은 눈을 가리는 헛된 욕망을 벗어버리게 합니다. 세상을 향해 푸른 날갯짓을 해야죠. 세상은 나를 살게 하는 이유가 되는 것들이 나를 아프게 하는 것들보다 여전히 많으니까요.

해바라기가 씨를 많이 갖는 것도 두려움이 섞인 간절함 때문이라는 말처럼 무엇을 하든 간절히 하면서 살아가면 되니까요. 그러면 못 이룰 것도 없고 쉬지 못할 이유도 없으니까요. 열심히 노력한 만큼 행복한 순간도 많이 만나게 되니까요. 쉼이라는 것도 간절히 원하고 절박하게 살아가는 자의 몫이니까요. 기회는 항상 존재하고, 보이는 것 너머에는 새로운 시작이 있으니까요.

청춘이란
마음의 젊음이다.
신념과 희망에 넘치고
용기에 넘쳐
나날을 새롭게
활동하는 한
젊음은 영원히
그대 것이다.

_사무엘 울만

가까운 사람부터 칭찬해요

'칭찬은 고래도 춤추게 한다'는 말이 있듯이 누구나 칭찬을 받고 싶어 하고 자기를 칭찬해주는 사람을 좋아합니다. 그러나 칭찬을 받기 싫어했던 나폴레옹도 있습니다.

나폴레옹에게 어느 날 부하 한 사람이 이렇게 말했습니다.

"각하, 저는 각하를 대단히 존경합니다. 칭찬을 싫어하는 각하의 성품이 마음에 들었기 때문입니다."

이 말을 들은 나폴레옹은 몹시 기뻐했다고 합니다. 나폴레옹 역시 칭찬에는 약한 인간이었던 거죠. 칭찬을 싫어하는 그 성품이 마음에 들었다는 말 자체가 바로 칭찬이기 때문입니다.

아이젠하워는 10년 이상 육군 소령인 채로 진급이 되지 않아 우울해했습니다. 이때 그의 아내가 이렇게 말합니다.

"여보, 저는 당신을 믿어요. 어쨌든 진급 생각은 말고 교육의 일인자가 되세요. 당신이 뭘 하든 하루 세 끼 굶겠어요?"

아내의 칭찬이 그를 교육의 일인자가 되게 하였고, 결국 대통령에까지 이르게 했습니다.

켄 블랜차드의 저서 《칭찬은 고래도 춤추게 한다》에 이런 말이 나옵니다. '무게 3톤이 넘는 범고래가 관중들 앞에서 열정적인 멋진 쇼를 펼쳐 보일 수 있는 것은 고래에 대한 조련사의 칭찬이 있었기 때문'이라고.

칭찬은 강력한 힘이 있습니다. 칭찬은 자아존중감에 중요한 영향력을 미칩니다. 자아존중감이 낮은 사람은 자신감이 결여되어 있어 리더가 될 수 없으며 실패를 두려워합니다. 자아존중감은 학습이나 대인관계 등 학교생활과 인생의 미래에 전반적인 영향을 미칩니다.

한 개인이 그가 처해 있는 삶의 무대에서 만족하기 위해서는 주변 사람들의 칭찬이 중요합니다. 그 칭찬은 긍정적 가치관과 자아존중감을 형성할 수 있고, 성장의 원동력이 되며, 상처받은 마음을 치유하고, 인간관계를 원만하게 하는 윤활유가 됩니다.

그렇다면 칭찬은 어떻게 하는 것이 좋을까요? 먼저 상대방에 대해 끊임없이 관심을 가져야 합니다. 잘한 행동에 대해서는 구체적으로 칭찬해야 합니다. 결과보다는 과정을 칭찬하고 사랑하는 마음으로 칭찬해야 합니다.

칭찬의 힘은 위대합니다. 칭찬은 보약과도 같습니다. 톨스토이는 칭찬에 대해 이렇게 말했습니다.

"우리는 다른 사람이 우리에게 잘해준 만큼 그들을 좋아하는 것이 아니라, 우리가 그들에게 잘해준 만큼 그들을 좋아하는 것이다."

칭찬은 미움을 치료하는 약이며 사랑을 강화시키는 보약입니다. 행복의 보약은 칭찬하는 말 한마디 속에 있다는 것입니다. 웃을 일이 있어야 웃는 게 아니라 웃으면 웃을 일이 생기듯이, 웃을 일을 스스로 만들면 됩니다.

지금 곁에 있는 소중한 사람에게 다가가 칭찬해보세요. 칭찬을 하다 보면 칭찬할 거리가 생기고 칭찬받을 일도 생기니까요. 멀리서 찾지 말고 가까운 곳에서 찾으면 됩니다. 칭찬할 일도 칭찬받을 일도 스스로 만드는 것이니까요.

남의 좋은 점을 발견할 줄 알아야 합니다. 그리고 남을 칭찬할 줄도 알아야 합니다. 그것은 남을 자기와 동등한 인격으로 생각한다는 의미를 갖습니다.
_괴테

이제 좀 쉬어 가요

일만 하고 휴식을 모르는 사람은
브레이크가 없는 자동차 같아서 위험하기 짝이 없다.
또한 일할 줄 모르는 사람은
모터가 없는 자동차 같아서 아무 소용이 없다.

_존 포드

우리는 왜 항상 행복하다고 말하지 못하는 걸까요?

우리는 왜 항상 먹고살기 바쁜 걸까요?

너무 많은 일에 지쳐서가 아닐까요?

술을 마셔도 1차로 끝나지 않고, 2차, 3차까지 가야 직성이 풀리고, 맥주나 소주를 마실 때는 기어이 '폭탄주'로 끝장을 보려 합니다. '삼겹살 무한 리필'이나 '뷔페' 식당처럼 무한대로 먹을 수 있는 식당이 그토록 넘쳐나는 것도 배가 터지도록 먹어야 제대로 먹는 것이라고 생각하기 때문입니다.

생각해보면 무엇이든 불도저처럼 끝까지 밀어붙여야 올라가게 되고 또 기어이 이뤄내는 것이 성장의 원동력이던 때가 있었습니다. 별 보고 출근하여 별 보고 퇴근하면서 아침도, 저녁도 없는 삶을 살아가며 그렇게 오래도록 버텨왔습니다. 배터리가 나가 더 이상 작동하지 않는 기계가 되어버렸습니다.

그래서 모든 것이 귀찮아지고 지쳐 있습니다. 사람이고 시스템이고 방전 직전입니다. 이제는 변화를 주어 새롭게 창조할 시기입니다. 걸어온 길을 되돌아보며 제대로 왔는지 제대로 가고 있는지 확인하며 또 쉬어 가야 합니다. 온 길만큼 가야 할 길이 머니까요. 이제는 성실함으로 무장한 하드웨어가 아니라 창의성이나 상상력이 바탕이 되는 소프트웨어로 무장해야 합니다. 다시 말하면, 뼈 빠지게 일하는 것에서 제대로 쉬면서 일하는 패러다임으로 바꾸어야 합니다. 어제보다 더 만족하려면 새로운 방향으로 나아가야 합니다.

독일의 작가 에카르트 폰 히르슈하우젠은《행복은 혼자 오지 않는다》를 통해 행복을 좇지 말고 행복이 스스로 찾아오게끔 하라고 충고했습니다. 행복을 공동, 우연, 순간, 자기 극복, 충만의 키워드로 분류하고 스스로가 행복해질 수 있는 다양하고 기발한 방법을 창조하라는 것입니다.

어떻게 하면 행복해질까요? 물론 저마다의 가치 기준에 따라 행복의 조건은 달라집니다. 꿈이 간절한 누군가는 '꿈'이라 말할 것이고, 꿈을 이룬 누군가는 '돈'을 말할 것이고, 또 돈은 많지만 건강을 잃은 누군가는 '건강'이라 말합니다. 그것이 무엇이든 간절함으로 최선을 다하면 됩니다.

링컨은 "우리는 우리가 행복해지려고 마음먹은 만큼 행복해질 수 있다"고 했습니다.

그렇습니다. 행복은 대단하지 않습니다. 마음먹기에 따라 달라집니다. 그동안 열심히 달려온 그대이기에 좀 쉬어도 됩니다. 잘 살기 위해 죽기 살기로 달려오느라 너무 지쳤다면, 이제 좀 쉬어 가도 됩니다. 쉬면서 행복해지기 위한 많은 방법을 찾고, 다시 시작할 때에는 가벼운 발걸음으로 경쾌하게 실천하면 됩니다.

있으면 빛나지만 아리고
내려놓으면 죽을 것 같은

물건을 사고 싶을 땐 돈을 지불해야 한다.
그러나 사랑을 사고 싶을 때라면 당신 자신을 지불해야 한다.
사랑의 값은 당신이다.

_아우구스티누스

서로의 시선이 맞닿아 하나가 되었을 때 사랑은 시작됩니다. 테이크아웃 커피를 마셔가며 함께 골목길이랑 도심의 번화가를 걸으며 은밀하게 주고받은 간결한 대화 속에서 사랑은 태어납니다. 동시에 이별도 태어날 준비를 합니다.

사랑이든 이별이든 한순간 바로 시작되지는 않습니다. 함께 섞는 말과 말 사이에서 스치며 와 닿는 촉감 속에서 느낌으로 감지되는 것이 사랑이고 이별입니다.

사랑한다고 해서 24시간 한결같이 모든 것이 다 마음에 들지는 않습니다. 열린 부분도, 닫힌 부분도 있는 것이 사람의 마음이니까요.

닫힌 부분이 많은 사람일수록 질투심도 강하고 집착도 강합니다. 사랑이 순수하지 않고 계산이 포함되고 집착이 강할 때 사랑의 파멸이 옵니다. 사람이 나누는 사랑은 가끔 위태롭고 불안정합니다. 기울어져 불안정한 것을 수평으로 맞추는 것이 진정한 사랑입니다. 사랑은 두 사람이 만들어놓은 길을 오가는 것입니다. 물론 마음과 몸의 통로 사이에는 건널 수 없는 강이 있기도 합니다.

그러나 사랑에 빠지는 동안에는 서로가 서로를 위한, 서로에게 충실한 페티시스트가 됩니다. 사랑은 나를 웃게도 하고 울게도 하고 힘들 때는 살아가는 힘이 되기도 하지만 때로는 죽을 만큼 힘든 고통도 안겨줍니다.

사랑하면서도 좋기도 하고 싫기도 하는, 기쁘기도 하지만 슬프기도 하고 아프기도 하는, 한마디로 축약하자면 사랑할수록 나를 모순에 빠지게 하는 것이 사랑이라는 것입니다. 모순 덩어리가 사랑입니다.

사랑하는 동안에는 착각 속에, 환상 속에, 사는 그대가 됩니다. 타인에게는 지극히 평범한 사람으로 보이는데 사랑에 빠진 두 사람은 서로에게 특별한 존재로 보입니다. 그것이 사랑이고 사랑에 빠졌다는 말입니다. 서로의 신경과 세포조직을 원초적으로 끌어당기는 힘을 나누는 것이 사랑입니다. 서로의 마법에 걸린 것이 사랑입니다.

남들이 보지 못하는 특별한 아름다움을 그에게서 발견하는 것, 눈으로 확인하고 귀로 듣고 입으로 말하고 그래서 전신으로 느끼는 것이 사랑입니다. 아마도 사랑하는 순간에는 프랑스 시인 폴 엘뤼아르가 노래한 것처럼 '나는 너를 사랑한다'며 그 사랑을 영원히 외치고 싶을 겁니다. 모순이라는 마법에서 풀릴 때까지 상대에게 취해 서로의 나르시스트가 되는 것, 그게 사랑입니다.

그럼에도 축제의 밤이 남기고 간 흔적처럼 사랑 또한 때로는 허무와 고독을 동반합니다. 사랑이 내 마음대로 안 될 때에는 그런 현상이 일어납니다. 사랑에 대한 사유 또한 인생사처럼 복잡 미묘하기 때문입니다.

사랑의 배반이 나를 찾아왔을 때에 나는 어떻게 견뎌야 할지…… 그는 어떻게 견딜지…… 결국 혼자 감당해야 하는 지독한 형벌입니다. 결국 안고 있으면 포근하지만 아리고 내려놓으면 죽을 것 같은…… 그런 것이 사랑입니다.

멋진 친구가 있나요?

오랜만에 남산을 올랐습니다. 남산에서 바라보는 세상은 역시 아름다웠습니다. 파란 가을 하늘을 바라볼 수 있어 좋고 발갛게 단풍 든 잎들을 볼 수 있어 좋습니다. 두 시간을 산책하다가 집으로 돌아오니 택배 상자가 도착해 있습니다. 남양주로 귀촌해서 농사를 짓고 있는 친구가 첫 사과를 수확했다며 사과와 직접 재배한 채소를 가득 보내주었습니다. 박스 속 사과, 더덕, 우엉 향이 너무 좋아 즉석에서 요리를 만들기로 했습니다. 더덕무침과 우엉과 피망, 사과, 야채를 섞어 샐러드를 만들어 풍성한 저녁을 먹었습니다.

친구가 귀촌해서 직접 재배한 야채, 과일 등의 선물을 받는 것은 큰 기쁨입니다. 저농약 농산물이기에 건강한 밥상이 되겠지요. 16년 전 심근경색으로 돌아가신 아버지 때문에 건강에 대한 생각과 관리가 나름대로 철저합니다.

건강의 조건은 건강한 밥상이 가장 중요하고 두 번째로는 공기 좋은 곳에서 머무는 것이고 세 번째는 스트레스를 적게 받는 생활입니다. 글을 쓰는 나로서는 건강을 잃으면 생활도, 인생도 다 잃기 때문입니다.

오래도록 키보드를 두드리며 씨름하기 때문에 강한 지구력이 필요합니다. 단단한 지구력을 위해서는 보약보다 체질에 맞고 건강에 좋은 음식을 먹어야 합니다. 원고를 마감 날짜에 맞추기 위해 때로는 밤을 새우기도 하고, 때로는 소파에서 쪽잠을 자기도 하는 날이 많기 때문입니다.

약을 먹는 것을 별로 좋아하지 않기에 나에게 맞는 음식을 선택해서 맛있게 먹는 것을 건강의 첫 번째 조건으로 삼았습니다. 그래서 갓 수확한 제철 음식을 주로 구해 먹습니다. 몇 년을 그렇게 먹다 보니 따로 영양제나 보약을 먹지 않아도 건강합니다.

친구가 보내준 귀한 선물이 당분간 나의 몸과 마음을 춤추게 할 듯싶습니다. 선물은 기쁨입니다. 받는 것보다 줄 수 있는 위치에 있다면 더 큰 기쁨입니다. 가진 것의 일부를 누군가에게 나눌 수 있는 마음, 그것이 주는 자가 누리는 큰 기쁨입니다. 누구의 부탁이 아니라 스스로 주고 싶은 사람을 떠올려 이름 석 자를 또박또박 펜으로 써가며 택배를 보내는 마음, 얼마나 기쁠까요? 또 받는 사람은 그 선물이 자신에게 도움이 되니 그 기쁨은 이루 말할 수 없습니다. 물론 받는 입장에서는 빚을 지고 있다는 느낌이 듭니다. 그래서 책이 출간될 때마다 살아온 흔적을 담은 제 책을 선물합니다. 가난한 작가라 무엇을 사서 보내주는 것은 나에게 부담이 되고 받는 친구 마음도 불편할 것 같아 늘 책을 보냅니다. 서로에게 부담을 주는 관계가 되면 불편해지니까요.

친구는 직접 재배한 농산물을 보내주고 나는 나의 분신 같은 신간을 꼬박꼬박 보내줍니다. 서로에게 부담되지 않고 큰 빚이라 생각하지 않으니 농산물을 받아도 책을 여러 권 보내도 고맙습니다.

아무리 친해도 어려운 친구가 있고 유독 편안한 친구가 있습니다. 나에게는 가장 편안한 친구가 이 친구입니다. 이 친구가 보내준 재료로 음식을 만들어 먹을 때면 꼭 어릴 적 엄마가 시장에서 막 사 온 재료로 만들어준 음식 같아 참 맛있습니다.

친구가 보내준 재료로 맛있는 밥상을 차려 먹은 날에는 어렸을 때 가족끼리 둘러앉아 밥 먹던 기억이 납니다. 옛날 사진을 볼 때마다 생각나는 건, 볼레로가 달린 핑크색 원피스에 반찬을 흘려 옷에 물이 들었는데도 그 옷을 갈아입지 않으려고 엄마랑 씨름했

던 기억입니다. 엄마도 볼레로 원피스를 입고 밥을 먹던 나의 어
릴 적 이야기를 자주 하십니다.

어쨌든 선물은 기쁨입니다. 그것도 사랑하는 친구의 선물은 든든
하고 힘이 됩니다.
그 친구와 나란히 평행선을 달리는 기차선로처럼 오래도록 서로
의 곁에서 함께 나아가는 관계이고 싶습니다. 정당한 경계에서
불편하지 않게 주고받는 관계이고 싶습니다. 상처가 아닌 사랑을
가득 담은 우정이고 싶습니다. 그 관계를 오래도록 유지하기 위
해 나를 희생하며 친구에게 배려하며 살겠습니다.
조금 더 큰 희망이 있다면, 생의 마지막 날 즈음에 삶의 마지막
날의 초대장을 친구와 함께 받고 싶습니다. 세상 마지막 인사를
끝으로 함께 가고 싶은 사람 중에 그 친구가 있습니다. 물론 그것
도 내가 꿈꾸는 버킷리스트 중 하나입니다. 그런 멋진 친구도 나
에게는 있으니까요.

당신의 아름다움과 장점을 찾아주려고 하는 사람,
당신의 결점을 고통으로 생각하는 사람,
당신의 기쁨을 기쁨으로 여겨주는 사람,
가난하더라도 찾아주는 사람,
때로는 화를 내며 충고를 해주는 사람.
이런 사람을 친구로 두어야 한다.

_데일 카네기

사랑은 움직이는 동사입니다

얼마 전 인터넷을 통해 아름다운 늑대 이야기가 전해졌습니다.

'늑대다운 늑대는 평생 한 마리의 암컷과 사랑을 하고 암컷과 새끼를 위해 목숨까지 바쳐 싸운다. 사냥을 하면 암컷과 새끼에게 먼저 먹이를 양보한다. 그리고 늑대는 독립한 후에도 부모를 찾아와 인사를 한다. 늑대는 인간을 먼저 공격하지는 않는다.'

우리는 강하고 나쁜 남자를 흔히 늑대 같은 남자라고 말합니다. 그러나 인터넷에 떠도는 늑대 이야기는 참으로 바람직한 '남편', 바람직한 '아버지' 모습입니다. 이런 남자를 만난다면 사랑에 빠지지 않을 여자는 없겠지요.

보통 여자의 마음속에는 욕망의 방이 하나 있다고 합니다. 일명 사랑의 방인데, 사랑하는 순간 그 사람에게 모든 것을 바친다는 말입니다. 그래서 때로는 내 전부를 바친 남자와의 사랑이 어긋나면 목숨을 버리는 경우도 있습니다.

반면, 남자의 마음속에는 사랑의 방뿐만 아니라 여러 개의 욕망의 방이 있습니다. 성공, 사랑, 돈을 쫓는 방입니다. 그래서 남자는 사랑도 중요하지만 성공을 위해 여자를 버리기도 하고 돈에 목숨을 걸기도 합니다. 그러나 사랑 때문에 목숨을 버리지는 않습니다. 물론 그렇지 않은 남자도 있지만요. 그래서 남자는 결혼을 하더라도 자신을 인정해주는 여자에게 끌리는 경우가 많습니다.

사랑은 신이 내린 최고의 선물입니다. 과연 사랑이 없다면 살 수 있을까요? 아마도 힘들 겁니다. 사랑 없는 세상에 길들여지려면 오랜 시간이 필요할 겁니다.

스무 살이 넘으면 남녀 간의 사랑이 관심법의 대상이 됩니다. 그러나 남녀 간의 사랑에 셈이 들어가거나 거짓의 사랑으로 퇴락하면 서로에게 상처를 남깁니다. 남친이나 남편 몰래 다른 남자와 술을 마시고 춤을 추며 밤을 함께 보낸다면 남친이나 남편을 사랑한다는 말은 거짓이 되니까요.

진정한 사랑은 의지가 필요하고 책임 있는 행동이 따릅니다. 그리고 자신의 전부를 바쳐야 합니다. 자신의 전부를 내어주어야 합니다.

진정으로 사랑한다는 것은 그 사람의 말을 끝까지 들어주고 믿어주며 아플 때 손과 발이 되어 보살펴주어야 하니까요. 사랑하는 의지가 있으면 할 수 없는 행동까지도 하게 만드는 것이 사랑입니다. 다시 말해서 지치고 힘이 들 때 신에게 매달리는 것처럼 진정 사랑하는 사람에게 기대고 매달리고 무릎을 꿇게 됩니다. 서로에게 주인으로 때로는 하인으로 서로를 위해 최선을 다하는 것이 진정한 사랑이니까요.

누군가를 사랑하게 되면 무엇을 먹든 어디를 가든 그를 생각하고 함께한다는 느낌을 갖게 됩니다. 사랑하는 사람에 대한 책임과 의지가 사랑에 대한 예의니까요.

누구나 사랑을 할 수 있습니다. 그러나 사랑의 능력은 한계가 있습니다. 여러 사람을 동시에 사랑할 수 없는 이유가 그것입니다. 여자에게 사랑은 삶의 일부일 수도 있고 때로는 삶의 전부가 되기도 합니다.

작가 스티브 코비는 '사랑은 명사가 아니라, 동사'라고 했습니다. 사랑이 움직이는 동사라는 것은, 사랑이 한낱 감정에 귀속되는 것이 아니라 끊임없이 노력해야 쟁취할 수 있다는 의미입니다.

사랑은 정답이 없습니다. 그래서 꾸준히 학습해야 아름다운 사랑으로 갈 수 있습니다. 또한 누군가를 사랑하기 전에 서로에게 맞는 사람인지 확인할 필요가 있습니다. 같은 조건의 사람이라면 나의 환경, 성격, 종교, 가치관이 비슷한 사람을 만나는 게 좋습니다. 그래야 사랑이 빛납니다.

사랑도 때로는 지치고 시들해집니다. 아무리 사랑해도 트러블은 있습니다. 노력과 수고가 따르고 때로는 희생과 상처도 껴안아야 합니다. 사랑하는 마음과 사랑하는 행동이 마음으로 다가갈 때 최고의 사랑을 나누게 됩니다. 육체와 육체가 결합되는 충동에 의한 단 하룻밤의 관계를 사랑이라 부르지 않습니다.

사람 마음이 뜻대로 안 되는 것처럼 사랑도 마찬가지입니다. 이 사람을 사랑하겠노라 아무리 맹세해도 상대방이 받아주지 않으면 사랑은 성립되지 않습니다. 사랑은 일방통행이 아니라 쌍방통행이니까요. 죽어라 사랑한다 고백하고도 내일 이별하는 게 사랑이니까요. 지독하게 상처를 남기고 쓰러졌다가 용서하고 용서받듯 훌훌 털고 다시 일어나는 게 사랑이니까요.

함께 보낸 그 아름다웠던 순간들, 그 뜨거운 사랑의 순간들을 잿빛으로 만들지 않으려면 때로는 고통스러운 하얀 이별도 껴안아야 합니다. 훌훌 털고 보내주어야 합니다. 그것이 사랑한 사람에 대한 예의이고 사랑했던 순간에 대한 예의니까요.

당신이 나를 사랑하니까
나도 당신을 사랑한다고 말한다면
그것은 사랑이 아니라 거래입니다.
진정으로 사랑한다는 것은
대가를 바라지도 않으며
무엇을 주고 있다는 사실조차
느끼지 못하는 것입니다.

_지두 크리슈나무르티

상처, 마음으로 용서해야
미움이 끝납니다

길이란 걷는 것이 아니라 걸으면서 나아가는 것이 중요하다.
나아가지 못하는 길은 길이 아니다.

_드라마 〈미생〉 중에서

오늘은 종일 상처에 대해서 생각을 했습니다. 반평생을 살면서 누구에게 얼마나 많은 상처를 주고 또 받으며 살아왔는지를 돌아보니 가장 많이 만나는 사람, 가장 가까운 사람에게 상처를 많이 주고 받아왔다는 생각이 듭니다. 가족, 동료, 친구의 순으로 상처를 주고받아왔다는 사실입니다.

살면서 상처를 주고받지 않고 사는 사람은 없습니다. 아침에 눈을 뜨는 순간 가족에게서부터 사소한 상처를 주고받습니다. 누구나 상처를 껴안고 산다는 것. 그리고 시간이 지나면 아물지만 상처를 어떤 방법으로 치유하느냐에 따라 빨리, 덜 아프게 지나가겠지요.

상처가 깊으면 상처를 치료하는 약이 필요합니다. 내 상처를 치유하는 데 가장 효과적인 약은 나에게 상처 준 사람을 용서하는 것이 아니라 상처받은 나를 스스로 용서하는 겁니다.

누구는 용서를 가장 '이기적인 사랑'이라고 했습니다. 용서는 타인을 위해서 하는 것이 아니라 자신을 위해 하는 것이기 때문입니다.

나도 한때 나의 소중한 것들을 빼앗아 간 사람을 오래도록 미워한 적이 있습니다. '치열한 복수'를 생각했고, 나에게 상처를 준 것 만큼 상처를 받게 해달라고 기도도 했습니다. 하지만 미워할수록 집착이 병이 될 만큼 내 마음이 고단했습니다.

마지막으로 선택한 것이 '아름다운 용서'였습니다. 그를 탓하기 전에 나로 인해 상처받은 다른 누군가를 떠올리며 참회의 기도를 했습니다. 그리고 나에게 상처를 준 그 사람을 위해 미안해하지 말고 다 잊고 잘 살라고 빌어주었습니다. 나에게 치명적인 상처를 줄 수밖에 없었던 그 사람의 그 행동을, 그 마음을 이해하고 따뜻한 영혼으로 거듭나길 기도했습니다.

몇 년을 나로 인해 상처받은 그 누군가를 위해, 나에게 상처를 주었던 그를 위해 기도했습니다. 생각이 바뀌면 행동도 달라진다고 했던가요. 거짓말처럼 몸도 마음도 가벼워졌습니다. 웃음을 되찾고 다시 세상 속의 사람이 좋아졌으니까요. 그리고 좋은 일도 많이 생겼으니까요.

다 내려놓으니 세상이 빛이 되었습니다. 그 안에 웃는 내가 보였거든요.

용서도 선택입니다. 용서한다는 것은 과거, 현재의 나의 역사를 있는 그대로 받아들이며 나와 친해지는 것입니다. 나를 누구보다도 사랑하는 겁니다. 용서는 현실에 대한 분명한 자각이니까요. 그래야만 최초의 온전함, 선함의 자아로 돌아가게 됩니다.

용서는 또 다른 용서를 낳습니다. 나의 실수와 실패를 먼저 용서하다 보면, 다른 사람들의 잘못도 용서하게 됩니다. 나를 용서해야 다른 사람을 용서하는 법을 배우게 됩니다. 닫혔던 마음이 모두에게 활짝 열리는 순간입니다.

나를 용서하면 누군가에게 상처받았던 그 모든 것이 치유됩니다. 용서해야 오래도록 굳게 닫힌 소통의 문이 열립니다.

진정한 용서는 누구는 허락하고 누구는 허락하지 않는 절반의 '열림'이 아니라 모두에게 활짝 열린 완전한 '열림'을 말합니다. 진정한 소통이 이루어지면 '어울림'이라는 문이 열려 어둡던 세상이 환해집니다. 다시 말해 마음으로 용서해야 미움이 끝나고 환한 세상을 만나게 됩니다. 어제 믿지 않았던, 믿기를 거부했던 사람을 믿게 되는 기적 같은 일이 벌어집니다.

한 번쯤 꿈같은 무의식 세계로
빠져드는 것도 나쁘지 않습니다

캘트족의 신화에 이런 말이 있습니다.

'일에 지쳐버린 자신에게 쉴 시간을 주지 않았다. 자신에게 시간을 충분히 주는 것은 꼭 필요한 일이다. 모든 일을 잠시 내려놓고 그동안 무시했던 그대 영혼을 만나라. 그러면 멀어진 그대와 다시 가까워지는 멋진 일이 일어날 것이다.'

맞습니다. 삶에는 충전의 시간이 필요합니다. 말 그대로 열심히 일한 후에 쉬어야 즐기면서 쉴 수 있습니다.

누구에게나 지칠 때에 가는 나만의 휴식처가 있을 겁니다. 나에게도 그런 곳이 있습니다. 내 영혼을 쉬게 해주는 편안한 곳은 누구에게나 있습니다.

사는 것이 지치고 힘들 때마다, 삶이 나를 흔들 때마다 내 마음이 머무는 그곳을 찾아 묻고 대답하며 미래의 로드맵을 그려나갔습니다. 모래를 맨발로 밟으며 삶의 해답을 묻던 아픈 내 청춘의 눈물이 바닷물에 염분처럼 밴 곳입니다. 어떤 모습으로 찾아와도 늘 웃음으로 끌어안아주는 어머니 품 같은 바다……. 조갯국도 소라구이도 흐르는 시간을 보듬으며 웃으며 찾아온 나를 대단한 성찬으로 반겨줍니다.

해풍에 쓰러질 듯 쓰러지지 않는 바위틈에 핀 해국처럼 삶이라는 전쟁 같은 세파에 시달리면서 무너질 듯 무너지지 않던 나에게, 말없는 바다에게 '사느냐, 죽느냐'의 질문을 던졌던 가난한 영혼의 시인에게 바다는 늘 다시 도전하라며 보이지 않는 힘을 안겨주었어요.

살다 보면 아무리 발버둥쳐도 달라지지 않고 더 깊숙이 수렁에 빠지게 되는 고단한 날들이 있지요. 출발역은 정해졌지만 영원히 돌아오지 못할 마지막 여행을 결심했던 그날이 생각납니다. 깨어나지 못할 깊은 잠을 자라는 죽음의 유혹은 나를 감싸 안았지만 삶을 앓고 있는 나에게 죽음의 그림자가 드리운 순간 삶의 집착이 되살아났습니다.

보들레르의 말처럼 '두 어깨를 누르는 중압감이 죽음'이라는 것을 알았을 때 살고자 하는 욕망은 강해지나 봅니다. 살아가는 이유가 분명히 있었기에 죽음을 버리고 삶을 선택했으니까요.

가끔씩 힘들 때마다 길을 잃습니다. '방향을 제대로 찾았는가, 그래서 잘 살고 있는가'에 대한 시원한 대답을 듣지 못하면 병마에 시달리는 환자처럼 목이 마르고 아픕니다. 심할 때에는 셰익스피어도 쇼팽도 나를 위로하지 못할 때는 억지로 술의 힘을 빌립니다.

아무도, 무엇으로도 대신할 수 없는 고독이 나를 감싸 안을 때는 지극히 로맨티스트가 됩니다. 나 같은 냉철한 여자도……. 그 많은 땀과 눈물로 사투의 전쟁을 벌이는 삶을 잠시 내려놓고 의식의 나에서 무의식의 나로 돌아갑니다. 톡 쏘는 술 한 잔의 위력에 의지합니다. 날렵한 플루트에 빨대를 꽂아 단숨에 들이켠 술 한 잔이 비틀거리는 심장을 관통하는 순간, 치열한 작가로 살아가는 내가 사랑을 간절히 원하는 아프로디테가 됩니다. 몇 년에 한 번씩 있을까 말까 하는 술의 힘, 꿈같은 무의식의 세계로 충분히 빠져듭니다.

인생은 한 줄기 거대한 강과 같습니다.
갑작스러운 급류에 의해 전혀 새로운 물길이 트이기도 하는 강,
기쁨과 슬픔, 기회와 불행, 의혹과 위험,
절망과 후회가 늘 뒤섞여 흐르는 강입니다.
_타고르

삶이 그대를 속일지라도

삶이 그대를 속일지라도 슬퍼하거나 노여워하지 말라
슬픔의 날 참고 견디면 기쁨의 날이 오리니
마음은 미래에 살고 현재는 늘 슬픈 것
모든 것은 순간에 지나가고 지나간 것은 다시 그리워지나니

삶이 그대를 속일지라도 노하거나 서러워하지 말라
절망의 나날 참고 견디면 기쁨의 날 반드시 찾아오리라
마음은 미래에 살고 현재는 언제나 슬픈 법
모든 것은 한순간에 사라지지만 가버린 것은 마음에 소중하리라

삶이 그대를 속일지라도 슬퍼하거나 노하지 말라
우울한 날들을 견디며 믿으라, 기쁨의 날이 오리니
마음은 미래에 사는 것 현재는 슬픈 것
모든 것은 순간적인 것, 지나가는 것이니
그리고 지나가는 것은 훗날 소중하게 되리니

삶이 그대를 속일지라도 슬퍼하거나 노하지 말라
설움의 날은 참고 견디면 기쁨의 날은 오고야 말리니

_푸시킨

Have you found happiness in your life?
Has your life made other happy people?

_영화 〈버킷리스트〉 중에서

PART 3

어제의 비로
오늘의 옷을 적시지 말고
내일의 비를 위해
오늘의 우산을 펴지도 마라

정녕 마지막인 것만 같은 순간에 희망이 움튼다. 삶이란 그런 것이다.
태양이 어김없이 솟아오르듯 참고 견디면 반드시 보상이 있기 마련이다.

_앤드류 매튜스

어제의 비로 오늘의 옷을 적시지 말고
내일의 비를 위해 오늘의 우산을 펴지도 마라

요즈음 어디를 가나 금수저, 흙수저라는 말이 핫이슈입니다. 금수저는 영국의 속담 중에 '은수저를 입에 물고 태어난다'라는 말에서 시작되었지요. 과거 서양의 부유층에서는 은수저를 썼기 때문에 그에 빗대어 표현한 것이, 우리나라에서는 은수저보다는 금수저가 훨씬 비싸니까 금수저로 표현되었지요.

어쨌든 금수저를 물고 태어난 자식은 부모의 재력과 능력이 대단하여 노력하지 않아도 원하는 것을 가질 수 있고 고된 삶을 살지 않아도 됩니다. 그러나 흙수저를 물고 태어난 자식은 부모에게 기댈 것이 없어 스스로 땀을 흘리며 개척하고 이루어야 합니다.

다시 말해, 시작부터가 공평하지 않은 출발인 거죠.

우리나라 헌법 제11조 1항에 의하면 '모든 국민은 법앞에 평등하고, 누구든지 성별·종교 또는 사회적 신분에 의해 정치적·경제적·사회적·문화적 생활의 모든 영역에 있어서 차별을 받지 아니한다'고 명시되어 있습니다. 그러나 '유전무죄 무전유죄'라는 말이 있듯이 현실은 법 앞에 평등하지도 않고 권력과 재력 앞에서도 공정하지 못한 듯싶습니다.

얼마 전 서울대학교 학생이 '먼저 태어난 자, 가진 자, 힘 있는 자의 논리에 굴복하는 것이 이 사회이고, 생존을 결정하는 것은 수저의 색깔이다'라는 유서를 남기고 자살한 안타까운 사건이 발생했습니다.

서울대학교 학생이니까 노력해서 당당하게 금수저를 가질 생각을 하지 않고 떠난 것이 바보스런 행동이라 여기는 사람도 있겠지만 이렇게 생각하면 됩니다. 같은 서울대 출신이 같은 직장에 똑같이 입사했다고 하면 비록 낙하산이 아니더라도 금수저의 자식과 흙수저의 자식은 직장 내에서도 다른 방향으로 나아가게 된다는 거죠. 금수저의 자식은 뒷배경이 좋아 치열하게 노력하지 않아도 진급이 착착 진행될 것이고 흙수저의 자식은 죽어라 야근하며 맨땅에 헤딩해도 금수저의 자식을 따라갈 수가 없습니다. 물론 흙수저를 물고 태어나 성공한 사람도 있습니다. 극히 미미

할 뿐이죠.

그럼에도 흙수저를 물고 태어난 것을 한탄하거나 누구를 원망하며 살기에는 시간이 너무 아깝습니다. 그러니 모든 현실을 긍정적으로 받아들이고 최선을 다해 흙수저를 은수저나 금수저로 바꾸어야 합니다.

긍정의 행동으로 바꿔보세요. 물려받을 것이 없다는 것, 지금 가진 것이 없다는 것은 잃을 것도 없다는 것이고, 잃을 것이 없다는 것은 얻을 것만 있다는 의미가 되니까요.

세상 모든 일은 생각하기 나름이고, 마음먹기에 달렸습니다. 긍정적으로 단순하게 생각하는 것이 어떨까요. 어차피 떠날 때에는 빈 몸으로 가야 하잖아요. 금수저든 흙수저든 편하게 익숙하게 밥 잘 떠지면 그만 아닌가요.

금수저를 부러워하며 부모를 원망하거나 좌절하지 말고 자신의 흙수저를 인정하고, 오히려 흙수저를 금수저로 만들어야겠다는 결심과 각오로 최선의 노력을 해보는 건 어떨까요.

노력해서 하나씩 이룬 것들이 가치 있다는 것은 노력해서 이룬 사람만이 느낄 수 있습니다. 눈높이에 맞춰 직장을 잡고 대단하지 않은 급여에도 나름대로 만족하는 것, 그것이 가장 가치 있게 살아가는 행복한 삶 아닐까요?

금수저 물고 태어나서 주는 대로 물려받아 똑같은 환경 속에서 도전 한번 하지 않고 온실의 화초처럼 사는 것보다는 뙤약볕에서 땀방울과 씨름하더라도 스스로 무언가를 성취해내는 기쁨을 아는 것이 더 행복한 삶입니다.

흙수저인 부모도 나름대로 최선을 다하고 살아왔으니까요. 자신은 몇만 원짜리 구두 하나 선뜻 사지 못하면서 자식을 기죽이지 않기 위해 십만 원이 훌쩍 넘는 운동화를 사주니까요. 부모 마음이란 흙수저든 금수저든 똑같습니다. 자식을 위해 다 내어놓을 수 있는 것이 부모 마음이지요. 내 자식이라면 좋은 집에서 좋은 것 먹이고 좋은 옷 입히며 키우고 싶으니까요. 더 잘해주지 못해서 항상 미안해하는 것이 부모의 마음이니까요.

그러니 흙수저를 물고 태어났다고 한탄만 하지 말고 노력해야 합니다. 부모 탓하지 말고 부모의 마음을 이해해야 합니다. 흙수저를 물려주었다고 미안해하는 부모의 마음을 안다면 오히려 부모님에게 받은 흙 위에 내가 깊이 뿌리를 내리고, 건강하게 자라서 부모님이 기댈 수 있는 큰 나무가 되면 좋지 않을까요. 노력하면 최고는 아니어도 지금보다 더 나은 풍요를 누릴 수가 있습니다.

그 누구도 미완의 존재입니다. 미완으로 태어나 또 미완으로 죽습니다. 그러니 너무 억울해할 필요도 없습니다. 그래도 단 한 가지 공평한 것이 있습니다. 흙수저든 금수저든 단 한 번 살다 반드시 죽는다는 사실입니다. 그것에 위안을 가지세요.

뿔이 있는 소는 날카로운 이빨이 없고, 날카로운 이빨이 있는 호랑이는 뿔이 없으며, 날개가 있는 새는 다리가 두 개뿐이고, 날 수 없는 고양이는 다리가 네 개인 것처럼, 하느님은 모든 이에게 남다른 특기와 소질과 재능을 주셨습니다. 이러한 세상의 이치를 깨달아 불평도 절망도 포기도 하지 말고, 현실을 인정하고, 자신의 적성과 소질을 찾아서 최선의 노력으로 목적을 향해 나아가면 됩니다. 그것이 흙수저임에도 행복하게 살아가는 방법입니다.

금수저라 해서 항상 행복한 것도 아닙니다. 긍정적으로 생각하고 바라는 것을 향해 도전하며 살아갈 때 가치가 있습니다. 도전하고, 장애물을 극복하려 포기하지 않고 노력하는 데서 얻을 수 있는 것이 만족이고 행복입니다.

행복은 치열하게 살아가는 과정에서 만납니다. 삶이 힘들어도 순간순간 찾아오는 반짝거리는 기쁨이 있기에 힘들어도 살아가는 겁니다.

흙수저라 해서 비관하지 마세요. 길은 반드시 있으니까요. 하늘에도 길이 있어 비행기가 다니고 새들이 날아다니지 않나요? 바다에도 길이 있어 배가 다니고 물고기가 다니지 않나요?

우리가 다니는 땅도 마찬가지입니다. 부자라고 해서 반드시 한길만 가는 것도 아니고 가진 것이 없다고 해서 부자가 다니는 길을 밟지 말라는 법도 없습니다. 힘들더라도 길이 없으면 만들며 가면 됩니다. 그것이 내 인생이니까요.

길을 가다가 막다른 골목을 만났다고 절망하지 마세요. 두 눈을 부릅뜨고 찾으면 되니까요. '노력은 배신하지 않는다'라는 진리를 곱씹으며 자신감 있게 도전하는 것이 삶의 이유를 찾는 겁니다. 이것이 흙수저의 현실을 깔끔하게 벗어나는 현명한 방법입니다. 지금도 늦지 않았습니다. 단단한 각오로 무장해야 합니다. 어제의 비로 오늘의 옷을 적시지 말고 내일의 비를 위해 오늘의 우산을 펴지도 말아야 합니다. 실패해서 힘든 과거는 묻어두고 오지 않은 내일은 그때 가서 걱정하면 됩니다.

호기심을 가득 채워 웃고 있는 파란 하늘을 보세요. 얼마나 예쁜가요? 세상을 긍정의 시선으로 바라보세요. 어제와 다른 방향으로 고개를 돌리면 보입니다. 내가 할 일, 나를 부르는 소리가 들립니다. 거기서 첫 출발을 시작하세요. 멋지게, 당당하게.

누구나 모든 길을 갈 수는 없습니다.
성공은 한 분야에서 얻어야 합니다.
하나의 목표를 세우고
다른 모든 것을 이 목표에 종속해야 합니다.
옳다고 느껴지면 과감하게 도전해야 합니다.
또 옳지 않다고 느껴지면 과감하게 버려야 합니다.
사람을 강하게 만드는 것은
그가 하는 일이 아니라 그가 하고자 하는 노력입니다.

_어니스트 헤밍웨이

괜찮아, 괜찮아

나는 깨달았다.
단 한 사람, 단 한 마디의 말이 나를 끔찍한 곳으로 떨어뜨릴 수도,
도저히 닿지 못할 거라 생각했던 정상에 우뚝 올려놓을 수도 있다는 것을.

_체 게바라

'괜찮아'는 마법의 언어입니다.

'괜찮아, 수고했어, 그리고 힘내, 잘될 거야'는

성공한 사람들이 자신에게 거는 마법의 언어입니다.

'괜찮아'는 진행한 일의 결과가 잘 진행되지 않거나

불투명할 때 많이 쓰지만

긍정적인 의미가 강하고

격려와 위로의 뜻이 포함된 사랑의 말입니다.

견딜 수 없는 고통도 지우고 싶은 상처도

언젠가는 시간 앞에 정중히 무릎을 꿇습니다.

지금 힘이 든다면 자신을 다독이며
위로와 사랑의 말을 자주 하세요.
스스로에게 격려와 힘이 필요할 때에는
'할 수 있어. 힘내. 사랑해'라는 말을 자주 하세요.
설령 일이 잘 풀리지 않아 실패해서 불행한 일이 생겨도
다음 일을 진행하는 데 큰 도움이 됩니다.
실패도 끌어안아야 미래에는 성공하는 결과를 안게 되니까요.
살면서 끝까지 내 편이 되어줄 사람은 나 자신뿐입니다.
나의 보호자는 나이기 때문입니다.
시간 날 때마다
'잘했어, 수고했어, 괜찮아, 힘내, 사랑해'라는 말을
자신에게 하세요.
분명 그 말이 마법의 언어가 되어 당신을 지켜주며
좋은 날로 이끌 테니까요.

용서하세요

세상에 태어나 한 번도 좋은 생각을 갖지 않은 사람은 없다.
다만, 그것이 계속되지 않았을 뿐이다.

_채근담

누군가를 용서하기란 쉽지 않습니다.

용서는 돈으로 사고파는 것이 아니라 마음으로 나누는 것입니다.

나에게 피해를 준 누군가를 미워하고

그가 잘못되기를 바라는 마음은 어쩌면 사람의 본성입니다.

살다 보면 머리로는 용서했지만

마음으로는 여전히 용서가 안 되는 일이 많습니다.

미운 감정이 앞서고 화가 나기에 쉽게 용서되지 않습니다.

그럴 때에는 시간의 힘을 빌리는 것이 좋습니다.

시간이 흐르면 지독한 미움도 작아지거나 잊히니까요.

따지고 보면 아주 작은 것을 쉽게 용서하지 못할 때가 많습니다.

하지만 용서하지 않는 시간이 길어질수록 마음이 무겁고, 아프고, 힘듭니다.

반대로 용서하면 마음이 편해진다는 것도 알고 있습니다.

용서하는 사람이 건강하다는 것도 압니다.

머리로 용서하는 것이 아니라

마음으로 용서해야 미움도 끝이 납니다.

아주 작은 일부터 용서해보세요.

아침 출근길에 부딪쳐 커피를 쏟은 타인의 실수,

이유 있는 아내의 거짓말,

먹고살기 위해 나를 속였던 친구…….

돌이켜보면 우리는 커다란 일은 물론,

살아가면서 누구나 할 수 있는 아주 작은 실수까지도 용서하지 못합니다.

옷에 묻은 먼지를 툭툭 털어버리듯이 용서하세요.

한 번 마음먹으면 용서가 됩니다.

이 세상에 안 되는 일은 많지 않습니다.

이 순간 누구 때문에 몹시 화나고, 마음이 무겁다면

당장 큰마음으로 그 사람을 용서해보세요.

우울했던 마음, 어둡던 세상이 밝아집니다.

내가 웃어야 가족도 이웃도 심지어 용서받을 사람도 웃을 수 있습니다.

내가 용서하면 나중에 그 누군가에게 용서를 받을 일도 가벼워집니다.

먼저 용서하는 마음을 가질 때 가족, 이웃이 편해집니다.

용서하는 순간 세상은 가장 아름답게 빛이 납니다.

헛된 욕망을 줄이고 목표를 내 눈높이에 맞춘다면 행복은 가까이 있습니다

어른이 된다는 것은 내적으로 외적으로 조화롭게 성숙하는 것을 말합니다. 물론 내적, 외적으로 성숙해야 마음도 편안해집니다. 어른이 된다는 것은 생물학적으로 몸이 완전히 성숙함과 동시에 지적 능력이 완성되는 단계를 말합니다. 어른이 되었다는 것의 의미는 내가 하고 있는 일이 옳은지 그른지를 정확히 판단할 줄 아는 상태에 이른 것을 말합니다. 판단 기준은 오랜 경험과 지식의 습득에서 쌓인 지혜로움이겠지요. 그때가 되면 나의 정체성 identity도 정확히 알게 됩니다.

서른을 훌쩍 넘어야 진정한 어른이 아닐까 생각합니다. 물론 사람에 따라 서른 이전에 진정한 어른이 되는 기준을 갖춘 사람이 있을 것이고, 세상 물정을 너무 몰랐던, 그래서 30대까지 지독히 아프고 흔들렸던 나처럼 마흔을 넘어서야 어른으로서의 자격과 기준을 갖게 되는 이도 있을 겁니다.

사람마다 삶의 목표와 행복의 기준이 다르기 때문에 삶의 로드맵 또한 다릅니다. 그러니 나의 정체성을 찾는 데에도 수십 년이 걸리는 사람도 있고 빠르게 찾아 일찍부터 자신의 길을 가는 사람도 있습니다. 어쨌든 목표에 따라 빠르든 느리든, 자신의 보폭으로 움직여야 합니다. 꿈을 이루기 위해 계속 앞으로 나아가는 것이 중요합니다. 베토벤 같은 음악가나 고흐 같은 화가가 되고 싶다는 목표가 정해졌으면 매일 실천하고 확인하며 스스로에게 다짐을 받고 격려를 해야 합니다. 희망은 간절히 원하면서도 계획하고 실천하고 도전하는 사람에게 다가갑니다.

실속 있는 플러스를 만들어야 만족스럽습니다. 작곡을 해서 음악가, 그림을 그려 화가라는 호칭을 얻을 수는 있지만 인정받는 음악가와 사랑받는 화가라는 꼬리표를 다는 것은 쉬운 일이 아닙니다. 아마도 극한 상황인 나의 한계를 넘어 다른 세상에 가야만 꿈이 이루어질 수도 있으니까요.

결국 무언가를 성취한다는 것은 나와의 싸움에서 이겨야 한다는 절대적인 법칙이 있습니다. 타인과의 경쟁에서 이기기는 쉬워도 나 자신과의 싸움에서 이기기란 쉽지 않으니까요. 나의 앞모습, 그리고 내가 나의 뒷모습을 볼 수는 없지만 그 뒷모습까지도 볼 수 있고 있는 그대로 받아들이면서 인정하고 사랑하는 사람이 나를 이길 수 있는 사람입니다.

아무리 타인의 평가에서 성공했다 해도 스스로 내 안을 들여다볼 때 좋게 평가받는 사람이 성공과 성취를 안는 진정한 승자입니다. 사회적으로 성공한 사람은 많지만 그거 말고, 개인적으로 들여다보았을 때 성공과 성취를 다 안은 사람, 그가 행복한 사람입니다. 가정에서나 사회에서나 남의 평가가 아니라 나의 냉정한 평가에서 좋은 점수를 받은 사람이 행복한 사람입니다. 행복한 사람이 되는 건 쉽지 않지만 많이 어렵지도 않습니다.

작가인 내가 최고라고 여기는 내 행복의 가치는 생활을 위해 억지로 글을 쓰는 것이 아니라 즐기면서 나의 존재 가치를 느끼는 것입니다. 리허설 없는 단 한 번의 인생……. 나는 작가, 그대는 의사, 그대는 정치인, 그대는 회사원, 그대는 학생, 그대는 헌신적인 주부로 사회적 위치에서 자기 역할에 충실할 때 가정도 사회도 행복이 넘쳐나는 아름다운 세상이 됩니다.

헛된 욕망을 줄이고 목표를 내 눈높이에 맞춘다면 행복은 가까이서 찾을 수 있습니다. 행복은 남의 눈높이가 아니라 나의 눈높이에 있다는 것을 생각해본 하루입니다. 행복은 바로 여기, 내 앞에, 그대 앞에 있습니다.

구름 속을 아무리 보아도 거기에는 내 인생이 없습니다. 반듯하게 서서 주위를 돌아보세요. 그곳에 내 인생이 있습니다. 귀신이 나오든 말든 나의 길을 가야 내 인생이 열립니다. 앞으로 나아가는 동안에 고통도 있습니다. 행복도 있습니다. 어떤 경우에도 완전한 만족은 없습니다. 스스로 확신한 것을 힘차게 찾아 헤매는 하루하루가 인생이 됩니다.

_괴테

THINK OUTSIDE THE BOX

한 번은 길을 잃고
한 번은 길을 만듭니다

어딘가로 여행을 떠날 때 방향을 잘못 선택해서 길을 잃기도 합니다. 두리번거리다가 누군가에게 물어보다가 끝내는 다시 돌아와 방향을 찾게 됩니다.

마찬가지로 한평생을 살다 보면 한순간의 잘못된 선택으로 실패할 때가 있습니다. 그러나 단 한 번의 실패가 평생 실패한 미래를 안겨주지는 않습니다.

누구나 살다 보면 한 번은 길을 잃고 또 한 번은 길을 만들게 됩니다. 기회는 항상 주변을 돌아다닙니다. 먼저 잡는 사람이 주인이 됩니다. 실패했다고 주저앉아 자책하고 있으면 기회는 사라져 길을 만들기는커녕 영원히 길을 잃고 방랑하며 살게 됩니다. 영원히 실패한 미래 속에서 참담하게 살게 됩니다.

그러나 희망이 가득한 미래를 기다린다면 한 번의 실패에 주저앉지 말고 다시 일어나 도전해야 합니다. 물론 실수를 되풀이하면 습관이 되어 일어날 수가 없게 됩니다. 같은 실수를 되풀이하지 않아야 합니다.

영화 〈포레스트 검프〉에 이런 대사가 나옵니다.

"과거는 과거로 남겨두어야 앞으로 나아갈 수가 있다."

한 번의 실패가 미래로 나아가는 데 발목을 잡아서는 안 됩니다. 실패는 빨리 잊고 새로운 계획으로 도전하면 됩니다. 물고기를 잡으려면 강으로 가면 되고 호랑이를 잡으려면 산으로 가면 됩니다. 더 많은 돈을 벌고 사회적 지위를 얻으려면 세상 속으로 당당히 뛰어들면 됩니다.

원하는 목적어를 정해야 행동에 옮길 수가 있습니다. 목적어가 없으면 시류에 휩쓸리게 되고 그러다 보면 내 것은 찾지 못한 채 들러리의 삶을 살게 됩니다. 주인공이 아니라 엑스트라로 살다가게 됩니다.

내가 원하는 내 것을 찾아 떠나야 합니다. 물론 목적어를 찾아 떠나다 보면 내가 어디로 가고 있는지, 무엇을 위해 살고 있는지 잘 모를 때가 있습니다. 다시 말해 방향을 잘못 선택해 길을 잃을 때가 있습니다. 그럴 때에는 내 안의 목소리에 귀를 기울이면 됩니다. 가슴이 답을 해줍니다.

'lost'의 반대말은 'find'입니다. 내가 스스로 찾아 나서야 발견할 수 있습니다. 다른 곳을 기웃거리며 이럴까 저럴까 망설이다 보면 시간은 금방 지나가버립니다. 이만큼 오던 기회가 다시 저만큼 멀어집니다.

어떤 것을 선택해서 하든지 마음이 가리키는 곳으로 눈을 돌리고 발길을 재촉하면 됩니다. 길을 찾았으면 밟고 또 밟아 편안히 오갈 수 있도록 만들어야 합니다. 스스로 기회를 잡아 나의 길을 만들어야 합니다.

남이 간절히 원하는 '무엇'이 아니라 내가 간절히 원하는 '무엇'이 되어야 만족스럽습니다. 내가 만든 길은 남들은 잘 가지 않는 하찮은 길이더라도 나는 수없이 오가야 할 길입니다. 남의 눈치를 보지 않고 열심히 밟고 또 밟아 나에게 편안한 길을 만들면 됩니다. 그것이 바로 나의 길, 멋진 인생이 됩니다.

간절히 바라는 나의 길을 만들어야 나중에 후회가 적습니다. 아마도 살면서 가장 슬픈 말은 '미안하다, 후회한다'가 아닐까요? 후회는 실패의 주인이기도 하니까요. 그 의미를 알면서도 '미안하다, 후회한다'는 말을 습관처럼 내뱉는 사람이 가장 어리석고 실패한 사람입니다.

기회는 설명서가 없는 선물입니다.
인생에서 찾아오는 기회는
당신의 인생이 당신에게 보내준 선물입니다.
누구나 살아가면서 여러 번 그 선물을 받습니다.
그러나 그것이 무엇이든 그것을 어떻게 사용하는지
설명서가 붙어 있는 경우는 없습니다.
올바른 사용 방법을 알고 바르게 사용하면
지금보다 더 멋진 인생을 선물합니다.

_후지와라 히로시

삶은 나를 속이지 않습니다

"네가 대단하다고 생각하니? 계속해서 똑같은 색깔, 똑같은 향기를 내잖아"라고 개나리꽃에게 질문해보세요. 아마도 개나리꽃은 이렇게 대답할 것입니다.

"나는 아름다운 꽃이야. 누가 뭐래도 아름다움은 내가 살아가는 이유니까."

흐르는 구름에게 물어보세요.

"네가 하는 일이라곤 똑같은 방향으로 흘러가는 것뿐인데 그래도 네가 쓸모 있는 존재라고 생각하니?"

구름은 대답할 것입니다.

"난 누구를 위해 존재하는 것이 아니야. 오로지 내 존재에 충실할 뿐이지."

그렇습니다. 이 세상에 존재하는 모든 것은 존재 가치가 충분합니다. 바람도 비도 하다못해 은행잎이 떨어지는 것도 나비가 날아다니는 것도 이유가 있습니다.

사람도 마찬가지입니다. 태어나서 내 이름표를 이마에 다는 순간 존재의 의무가 있고 행복한 인간으로 살아갈 목적이 있습니다. 그러나 쓸모 있는 존재가 되려고 노력하되 집착하지는 마세요. 그저 내 앞에 멈춘 일들을 웃는 얼굴로 충실하게 하나씩 매듭지으면 됩니다.

나의 속도로 진행하면 됩니다. 너무 느리지도 숨이 찰 만큼 빠르지도 않게 묵묵히 가면 됩니다. 내 심장이 뛰는 박자에 맞춰 사랑을 향해, 꿈을 향해, 행복을 향해 나아가면 됩니다. 해바라기가 한낮의 폭염을 외면하지 않고 얼굴을 데이면서도 태양을 바라보듯 무엇을 하든 몰입하여 열정을 태우면 됩니다.

눈에 보이는 것들, 귀에 들리는 것들을 즐기며 가세요. 하나씩 이루어 나아가야 앞으로 내딛는 한 걸음이 희망이 되고 결실이 됩니다. 스스로의 힘으로 무언가를 이루며 나아갈 때 타인이 건네는 웃음보다 내 영혼이 나에게 건네는 웃음이 훨씬 가치 있고 든든하니까요. 무엇을 하든 자신감과 믿음이 중요하니까요.

인생의 성패는 내가 '무엇'을 하면 행복하고 그 '무엇'이 되기 위해 또 '어떻게' 행동해야 하는지를 정확히 깨닫는 데 있습니다. 그래야 성공을 향한 내비게이션도 정확하게 움직이니까요. 방향이 정확하면 속도와 도전 그리고 인내심으로 밀고 나가면 됩니다. 내 속도대로 나아가면 일을 하는 이유도 하나씩 늘고, 일을 하면서 삶의 목적인 행복도 자주 만나게 됩니다. 절대로 삶은 나를 속이지 않으니까요. 열심히 살지 않은 내 마음이 내 삶을 속일 뿐입니다.

우리는 짧은 인생을 부여받은 것이 아니라
우리가 인생을 짧게 만들고 있습니다.
우리는 인생이 부족한 게 아니라 낭비하고 있습니다.
_세네카

평상심을 찾아야 합니다

겉으로는 가진 것이 많아 보이는데도 불행하다고 하소연하는 사람을 만났습니다. 그 사람의 신세 한탄을 들어주고 위로해주느라 시간 가는 줄 몰랐습니다. 사는 게 자기 뜻대로 안 되고 심지어 자신이 낳은 자식도 마음대로 안 된다고 슬퍼했습니다.

생각해보면 내 뜻대로 되는 것은 많지 않습니다. 내 몸, 내 영혼도 가끔은 따로 움직이니까요.

프랑스의 철학자 알랭이 쓴 《행복론》에 이런 말이 나옵니다.

'우리는 현재만을 견디면 된다. 과거도 미래도 우리를 고통스럽게 만들 수 없다. 과거는 이미 떠나갔고, 미래는 아직 오지 않았다.'

그렇습니다. 우울한 과거를 원망하며 제아무리 돌려놓으려 해도 그것은 불가능합니다. 나를 행복하게 해준 과거도 이미 지난 일입니다. 오지 않은 미래는 나에게 올지, 안 올지 모릅니다. 그러니 현재만 있을 뿐입니다. 현재를 충실하게 보내면 될 뿐입니다.

아무리 열심히 살아도 내 힘으로 밀어낼 수 없는 커다란 바윗돌 같은 장애물을 만날 수 있습니다. 그럴 때에는 당황하지 말고 침착하게 행동해야 합니다. 심호흡 크게 한 번 하고 "다른 사람이었으면 어떻게 할까"를, 다시 말해 제삼자 입장에서 고민해야 합니다. 무엇이든 한쪽으로 치우치지 않게 중심을 잡으면 됩니다.

아무리 고민해도 해결책이 떠오르지 않을 때에는 모든 것을 내려놓고 욕심 없는 마음으로 그 순간이 지나가길 잠자코 기다려야 합니다. 물론 많이 힘들겠지요. 그러나 천천히 지나가는 고통을 지켜보며 기다리는 것도 살아가는 과정이니까요. 누구도 거부할 수 없으니까요.

무게 차이만 있을 뿐 누구에게나 장애물은 있습니다. 특히 욕망이 클수록 장애물의 크기도 클 것이고 자주 만나게 되겠지요. 순수했던 어린 시절을 생각하면 이해가 됩니다.

누구에게나 어린 시절은 동경의 대상입니다. 이유는 그때 그 시절이 순수하고 욕심이 없었기 때문입니다. 욕심이 많지 않으면 걱정도 두려움도 적을 테니까요. 그러나 어른이 되면서 욕심도 늘어나니까 두려움도 커지게 됩니다.

무엇이 되어 무엇을 갖겠다는 것이 나의 능력, 내게 꼭 필요한 것이라면 도전하는 것도 힘에 부치지 않고 살아가는 과정도 순탄합니다. 벼랑 끝에 몰리는 것도 따지고 보면 과욕이 부른 현상입니다. 적당한 욕망은 사는 데 도움이 되지만 지나쳐 욕심이 되면 극한 상황에 가서야 모든 것을 내려놓으며 후회합니다. 내가 욕심이 지나쳤다는 것을……

쓸데없는 걱정의 숲에 나를 가두지 말아야 합니다. 걱정이 습관이 되면 우울증이 찾아오고 그것이 지나치면 죽음으로 몰고 갑니다. '걱정'을 뜻하는 'worry'에는 '사냥개가 짐승을 물고 흔들다'는 의미가 있습니다. 실제로 걱정은 삶을 물고 흔들어 서서히 죽어가게 만듭니다. 오죽하면 걱정을 느린 의미의 자살이라고 하지 않습니까?

누구든 걱정의 끝이 어딘지 모릅니다. 또 언제쯤 가장 편안한 상태가 될지도 예측할 수 없습니다. 옛말에 '눈이 내리면 마당을 쓸지 않는다'고 하죠. 언제 그칠지 모르는 눈이 내린다면 하늘에서 쏟아져 내리는 눈을 그저 바라보는 것이 상책이니까요.

걱정의 풍랑에 빠져 허우적거릴 때에는 억지로 밀어내지 말고 떠날 때까지 기다려주는 것도 한 방법입니다. 머지않아 시간은 흐르고 생각이 정리되고 어제 일 오늘 일이 비교되면서 다시 편안한 상태가 찾아오니까요.

편안하다고 말하는 것은 몸에 딱 달라붙는 외출복을 입고 돌아다니다가 평상복으로 갈아입은 것처럼 아주 편안한 상태를 말합니다. '편안함'이란 현재의 내 모습, 내 성격, 남편, 가족 구성원의 능력, 모두를 그대로 받아들이며 인정할 때입니다. 아무것도 포장하지 않고 어느 쪽으로도 치우치지 않은 편안하고도 당당한, 다시 말해 평상심이 충만한 상태를 말합니다.

좋은 일이 있으면 기분이 좋아지고 나쁜 일이 있으면 기분이 나빠집니다. 그러나 기분이 좋지도 나쁘지도 않은 중간 지점이 있습니다. 아무 느낌이 없는 림보(limbo, 지옥과 천국 사이에 있으며 그리스도교를 믿을 기회를 얻지 못했던 착한 사람 또는 세례를 받지 못한 어린이·백치 등의 영혼이 머무는 곳)를 말합니다. 그때가 평상심이 가득한 아름다운 상태입니다. 그때가 오면 자신에 대한 무한한 통찰력을 가질 수가 있습니다. 행복도 불행도 없는 제로점(zero point), 내면의 고요를 말합니다. 붓다는 그것을 중도(中道)라고 말했습니다.

_오쇼 라즈니쉬

오르막과 내리막이 함께 나란히 가는 동행

당신이 배워야 할 것이 무엇인지 알려줄 사람은 없다.
그것을 발견하는 것은 당신만의 여행이다.

_엘리자베스 퀴블러 로스,《인생수업》중에서

나이가 들수록 산다는 것이 산을 오르내리는 것과 같다는 생각을 합니다. 낮은 산도 방심하면 다칠 수 있고 높은 산도 조심해서 오르면 못 오를 리 없으니까요.

그러나 높은 산을 오르기 위해서는 로프를 타야 하기 때문에 두려움과 위험이 따르잖아요. 그리고 자신감과 용기가 필요하잖아요. 높은 산을 오르는 것을 쉽게 생각할 수 없듯 인생도 마찬가지라는 생각이에요.

대충 살다가는 시간에 끌려가는 인생이 될 수밖에 없으니까요. 그렇게 살다간 죽은 척하고 살 수는 있을지 몰라도 내일이 기다려지는 즐거운 시간을 만날 수가 없으니까요. 산은 누가 대신 올라줄 수 없는 것처럼 그 누구도 인생을 대신 살아줄 수는 없으니까요.

피투성이에 너덜너덜해진 몸으로 절벽을 기어올라 산 정상에 올라봐야 최고의 기쁨을 느끼잖아요. 내려올 때도 목적을 이룬 데 대한 성취감 때문에 발길이 가벼워지잖아요. 물론 높은 산을 오를 때에는 항상 처음처럼 경외와 겸손의 자세를 취해야겠죠.
오르막 중에도 내리막길이 있고 가파른 내리막 중에도 오르막길이 있기 때문에 산은 인생과 닮았어요. 인생도 살다 보면 힘든 중에도 기쁘고 기쁜 중에도 고통스러울 때가 있으니까요. 정상을 향하여 한 발 한 발 높이 오를수록 내 안의 순수한 나를 만나게 되고 편안한 마음으로 아래를 내려다보게 되잖아요. 오르막과 내리막이 함께 나란히 가는 동행, 그것이 인생 아닐까요?

때로는 천국, 때로는 지옥이 결혼입니다

'예외 없는 법률은 없다'라는 말이 있듯이 결혼이 필수였던 시대는 지났습니다. 결혼이 선택인 시대입니다. 결혼이 유토피아는 아니지만 독신도 결코 파라다이스는 아니라는 것을 자살로 마감한 중국의 유명 배우를 보며 느꼈습니다.

인간의 감정은 복잡 미묘하기 때문에 어떤 상황이 오더라도 완전한 만족을 느끼지 못합니다. 항상 '2프로 부족'하다고 생각하며 그 2퍼센트를 채우기 위해 먹이를 찾는 하이에나가 되어 욕망의 늪을 훑고 지나갑니다. 하나를 가지면 또 다른 무언가를 가져야 하고 또 다른 무언가를 갖고 나면 새로운 무언가를 향해 갈증의 눈을 던집니다. 겨울이 오면 여름이 왔으면 좋겠다고 투덜대고 여름이 오면 겨울이 왔으면 좋겠다고 불평하는 존재가 우리입니다. 한마디로 규정하기엔 너무 복잡 미묘한 존재이죠.

한 사람이 다른 사람을 만나 가정을 이루고 조화로운 관계를 유지하기란 참 힘듭니다. 특히 서로 다른 문화, 종교, 취미, 성격을 가졌다면 어느 한쪽이 양보하지 않는 한 행복한 가정을 이루기는 힘듭니다.

아무리 사랑해도 사랑이라는 감정은 길어야 6개월입니다. 6개월이 지나면 사랑보다는 현실이 서로를 힘들게 하고 장점보다는 단점이 눈에 보이는 것이 남녀의 관계입니다.

결혼해서 행복한 사람이 있는가 하면 결혼한 후 감옥에 갇힌 기분을 느끼는 사람도 있습니다. 결혼하면 행복할 거라는 환상은 버려야 합니다. 결혼 또한 삶을 유지하기 위한 또 하나의 학습 과정일 뿐입니다.

행복한 가정을 위해서는 노력과 배려 그리고 절대적인 학습이 필요합니다. 그것이 자신 없고 감당하기 버겁다면 결혼을 포기해야 합니다.

사랑을 시작하는 것은 쉬우나 그 감정을 오래도록 지켜나가는 것은 어렵듯이 결혼 또한 마찬가지입니다. 전혀 다른 문화 속에서 자란 두 사람이 하나가 되기에는 절대적인 희생과 배려가 중요합니다. 나의 생각이 상대방의 생각보다 중요하고 절대적이라는 사고방식을 가진 사람, 즉 내 말이 반드시 법이라고 주장하는 사람은 결혼하지 말아야 합니다. 남에게 상처를 줄 뿐만 아니라 스스로도 상처를 입기 때문입니다. 결혼하는 것보다 혼자 사는 것이 본인에게도 더 좋습니다.

결혼하지 않는다고 해서 이상하게 보거나 문제가 있다고 생각하던 시대는 지났습니다. 능력 있지만 결혼하지 않는 사람도 많은 세상이지요. 다시 말해서 결혼이 선택인 세상에 살고 있다는 말입니다.

결혼은 하나부터 열까지 노력과 정성 그리고 반복된 학습이 필요합니다. 버릇이 반복되면 습관이 되듯이 결혼 또한 칭찬하고 배려하고 이해하면 습관이 되어 천국 같은 사랑의 문화가 만들어집니다.

하나에서 둘이 되는 과정 또한 서로 의논을 통해 프로그램화되어야 합니다. 무작정, 즉석에서 좋은 가족문화는 만들어지지 않습니다. 충분한 생각과 계획을 통해서 현실에 맞게 실천할 때 새로운 사랑의 문화가 만들어지는 것입니다.

배려하고 감싸주고 이해하는 마음이 서로에게 존재할 때 믿음이 싹틉니다. 사랑의 기초는 믿음이기 때문입니다. 나를 믿고 내가 사랑하는 사람을 믿는다면 어떤 시련이 나를 괴롭혀도 믿음으로,

사랑으로 이겨낼 수 있습니다. 끊임없이 믿음을 확인하고 서로를 지지하는 관계가 결혼을 천국으로 이끌 수 있습니다.

결혼을 천국으로 이끄느냐, 지옥으로 이끄느냐는 둘의 믿음과 사랑 그리고 끊임없는 노력의 결과입니다. 때로는 천국, 때로는 지옥을 넘나드는 것이 결혼이니까요.

사랑은 다른 사람을 위해서 자신을 희생할 수 있어야 합니다.
자신이 수단이 되고 다른 사람이 목적이 되면 사랑이 되지만
자신이 목적이고 다른 사람이 수단이면 욕망일 뿐입니다.
_오쇼 라즈니쉬

행복은 경험을 통해
단단해지는 근육이니까요

행복한 삶의 조건은 무엇일까요? 어떤 사람은 돈을 첫 번째로 꼽고 어떤 사람은 건강을, 또 어떤 사람은 사랑을 첫 번째로 꼽습니다. 사람마다 행복의 가치에 대한 생각의 기준이 다르고 그 기준에 따라 삶의 방향이 정해지고 꿈도 갖게 됩니다. 무엇을 선택하든 가치 있는 삶의 종착지는 행복이고 늘어가는 몸의 종착지는 세상과의 이별입니다.

사는 동안 좋은 사람들을 만나 행복한 추억을 더 많이 갖기 위해, 그리고 마지막 이별을 더 아름답고 덜 후회하기 위해 나름대로 열심히 살아갑니다. 삶의 목적이고 본질인 '행복'을 더 많이 안기 위해서는 행복의 조건이 되는 돈, 명예, 사랑이 넉넉하다면 바랄 것이 없겠죠. 그러려면 남보다 몇십 배 몇백 배 더 땀을 흘리며 치열하게 노력해야 합니다.

한 알의 사과가 태어나기까지 적당한 태양, 온도, 수분, 바람이 함께해야 하고 사과 꽃이 땅에 떨어지고 빨간 사과가 주렁주렁 열리기까지 찜통 같은 더위와 살을 에는 추위를 견뎌내야 합니다.

인생도 마찬가지죠. 내가 선택한 것에 후회 없을 만큼 정성을 기울이며 최선을 다하고 나서 겸허한 마음으로 결과를 기다려야 합니다. 결과에 대한 득과 실을 따지는 그 기다림의 시간이 성찰과 수행의 시간이 됩니다.

또 결과가 어떻든 겸손한 마음으로 받아들여야 합니다. 결과가 안 좋더라도 처음으로 돌아가 초심으로 새로운 목적어를 찾아 충실히 임해야 합니다. 그 과정에서 만나는 고통, 아픔, 기쁨, 분노 같은 수많은 감정의 밭을 사랑으로 껴안아야 합니다. 그 끝이 아픔이든 기쁨이든 오로지 내가 선택한 결과이니까요, 내 책임이니까요.

남 탓하지 말아야 합니다. 결과는 일한 데 대한 정직한 평가니까요. 결과에 대한 책임도 온전히 나에게 있습니다. 비록 실패했더라도 반성은 하되 좌절감에 오래 빠져 있어서는 안 됩니다. 훌훌 털고 일어나 자신감을 가지고 새롭게 도전하며 뚜벅뚜벅 가야 합니다.

죽도록 힘들어 포기하고 싶을 때는 가장 낮은 곳에서 살기 위해 몸부림치며 버티는 사람들을 생각하세요. 깜깜한 암 병동에서 처절하게 병마와 싸우는 환자를 생각하고, 시장 한복판에서 절규하듯 물건을 홍보하는 상인들을 생각하세요. 그들을 생각하며 용기를 내세요.

무엇이든 절박한 마음으로 치열하게 도전하면 됩니다. 때로는 그 간절함이 기적을 만들어내니까요. 아마도 나보다 더 힘든 누군가를 떠올림으로써 힘을 발휘하며 끝까지 가게 되니까요.

분명한 것은 얼마를 가든 포기하면 다시 출발역으로 돌아가고 말지만 포기하지 않으면 조금 늦더라도 목적지에 도착한다는 거죠.

새로운 무엇에 도전하는 데 늦은 나이란 없습니다. 확신, 열정, 용기, 인내심, 불굴의 의지를 가지고 차근차근 계획을 세워 덤비면 어떤 장애물도 우리를 가로막지 못합니다. '할 수 있다'는 자신감과 '해야 한다'는 확신을 가지면 이룰 수 있습니다. 할 수 있다는 자심감과 꿋꿋한 의지가 있다면 지나간 어제는 바꿀 수 없어도 다가올 내일은 얼마든지 바꿀 수 있으니까요.

가장 낮은 곳에서부터 하나씩 이루어내는 것이 가장 가치 있는 성취가 되어 뿌듯한 만족감을 안겨줍니다. 그 낮은 곳에서 일궈낸 것으로 얻은 만족감이 진정한 행복입니다. 돈은 태어나면서부터 가질 수 있지만 행복은 손금처럼 태어나면서 가질 수는 없습니다. 무언가를 이루기 위해 앞을 막고 있는 장애물을 하나씩 걷어내면서 얻게 되는 근육입니다. 나무의 나이테처럼 연륜과 경험에 의해 한 겹씩 입혀지는 아름다운 근육이지요. 스스로 시련과 고통을 많이 겪어내야 그 무엇에도 흔들리지 않는 단단한 근육이 됩니다. 행복은 그런 것이에요.

사람이 하는 일은 무엇이든 결심한 대로 됩니다. 만일 당신이 "나는 세상에서 가장 중요한 사람이 될 것이다"라고 결심한다면 당신은 정말로 중요한 사람이 됩니다.

만일 당신이 '나는 할 수 없어'라고 생각한다면
당신은 아무것도 이룰 수 없습니다.

_휴위즈

기대감을 낮추면 세상이 아름답습니다

인생을 살다 보면 한마디 더 말할 시간은 있어도,
그 한마디를 취소할 시간은 쉽게 오지 않는다.
아무리 사소한 말도 가장 중요한 말을 하는 것처럼 하라.

_벨타사르 그라시안이모랄레스

삶의 이유는 누구나 행복입니다. 니체는 '살아가야 할 이유를 가
진 사람은 어떤 것이든 견뎌낼 수 있어야 한다'고 했습니다. 내가
애타게 찾는 행복도 어려움을 겪어내지 않으면 내게로 오지 않습
니다. 살아야 할 이유가 분명해질수록 그 이후에 벌어질 어려움
도 극복할 수 있습니다. 무엇을 하든 가치 있는 것을 얻기 위해서
는 어려움이 따르고 그만큼의 시간이 걸리는 법이니까요.

누구나 자기 방식대로 기대치를 정해 행복에 필요한 욕망을 하나
둘 쌓아갑니다. 누구나 욕망을 이루기 위해 애를 쓰며 그 과정에
서 숱한 성취감과 좌절을 맛보고 행복과 불행을 넘나들며 살고

있습니다.

무한대의 욕망과 한정된 능력의 갭에서 세상사의 온갖 갈등이 잉태되고 고뇌는 시작됩니다. 예측 불가능한 시스템의 변화가 주는 위기감과 불안감이 생존 욕구를 자극하여 축적하고 싶은 욕망과 상대방에 대한 기대감을 높입니다. 행복해지기 위한 욕망은 생존의 몸부림이고 기대치는 욕망이 낳은 감정의 부산물이니까요. 세상살이에서 부족함을 채우고 싶은 욕망이 기대감이니까요.

욕망과 기대치는 끝이 보이지 않고 멈춤과 만족을 어렵게 하는 감정으로 채워져 있다는 점에서 닮았습니다. 욕망과 기대치의 관계는 욕망의 크기만큼 상대방에 대한 기대치가 높아진다는 비례 등식이 성립합니다.

기대감은 어떤 일이나 대상이 원하는 대로 되기를 바라는 마음입니다. 상대방의 행동이 나의 기대치를 초과하는 방향으로 나타나면 호감, 감동, 긍정적인 평가로 이어집니다. 상대방의 행동이 나의 기대감에 미치지 못하거나 반하는 방향으로 나타나면 반감, 실망, 부정적인 평가에 익숙해집니다.

내가 상대방의 기대를 충족시켜주지 못하거나 상대방이 내 기대를 충족시켜주지 못할 때 기대감의 충돌이 발생합니다. 기대감의 충돌은 상대방에 대한 높은 기대감이 낳은 폐해입니다. 기대감이 높으면 상대방이 순수한 마음으로 정성을 다하고 물질적으로 최선을 다해도 성에 차지 않아 서운한 감정만 키우고 불만을 표출합니다.

평소 잘하던 아이가 어쩌다 기대에 못 미치면 분노하고, 잘하지 못하던 자식이 어쩌다 보인 한 번의 효도에 감동하기도 합니다. 누구든지 본질을 제대로 파악하지 못하고 산다면 기대감 충돌 현상에 빠지기 마련입니다.

대치 충돌의 관계에서 인정해주고 인정받는 따뜻한 마음 주고 받기와 고마운 마음 갖기는 어렵습니다. 또한 진정성 있는 마음은 실종되고 말로만 생색내기 바쁜 관계로 빠져듭니다. 그런 관계는 상대방의 도움과 배려가 못마땅함과 서운함, 모욕으로 되돌아옵니다. 기대감이 커야 행복하니까요.

결국 행복은 신뢰를 바탕으로 한 모나지 않은 인간관계에 있습니다. 신뢰란 하루아침에 이루어지는 것이 아닙니다. 경험을 통해 포인트 적립하듯 차곡차곡 쌓이는 것이니까요. 신뢰가 부족하면 혈족관계라 할지라도 금이 가게 되어 있습니다.

상호 신뢰가 부족하면 나에게 실망하거나 내가 상대방에게 실망하게 됩니다. 또 신뢰감이 충분히 쌓여 있다고 해도 필요 이상으로 기대감이 높으면 서로가 서로를 원망하게 됩니다. 다시 말해 내가 상대방의 기대치를 충족시켜주지 못하는 것에 미안해하기보다는 상대방이 내 기대치를 충족시켜주지 못해 그를 원망하는 마음이 더 큽니다.

기대치를 충족시켜주지 못하는 상대방에게 속마음을 감춘 채 불편한 심기만 표출한다면 관계는 악화되고 단절됩니다. 상대방에게 높은 기대감을 심어주는 것도 경계해야겠지만 상대방에 대한 높은 기대감을 낮추는 것도 행복해지기 위해서는 반드시 필요한 일입니다.

인생은 무거운 짐을 지고
먼 길을 가는 것이다.
서두르지 마라.
무슨 일이든 내 마음대로
되는 게 아니라는 걸 알게 되면,
불만은 사라진다.
마음에 욕망이 일거든
곤궁할 때를 생각하라.
이기는 것만 알고 지는 일을 모르면
해害가 그 몸에 미치게 된다.
자신을 책망할지언정 남을 책망하지 마라.
미치지 못함은 지나침보다 낫다.
풀잎 위의 이슬도 무거우면
떨어지기 마련이다.

_도쿠가와 이에야스

PART 4

연습할수록 느는 것,
행복은 삶의 습관이다

용기란 겁이 없는 것이 아니라 겁보다 중요한 것이 있음을 깨닫는 것이다.

_영화 〈프린세스 다이어리 2〉 중에서

연습할수록 느는 것,
행복은 삶의 습관이다

남들이 출근하는 아침 일곱 시에 동네 빵집에서 식빵을 사 와 치즈를 끼워 넣은 토스트를 만들어 아메리카노와 함께 먹었습니다. 식사하는 시간이 채 10분도 안 되지만 그때가 나에게는 행복 한 줌를 만나는 시간입니다. 먹고 싶은 것을 누구의 눈치를 보지 않고 선택해서 먹을 수가 있으니까요. 먹는 것이 즐거우면 마감해야 할 원고 앞에 앉아도 기분이 좋습니다.

하늘은 금방이라도 비가 쏟아질 것처럼 구름으로 가득합니다. 글을 쓰는 나는 비가 내리는 날도 좋아하지만 흐린 날에 작업하는 것이 가장 좋습니다. 눈이 좋지 않아 늘 눈 건강에 신경을 많이 쓰는 편이라 자외선을 싫어하는 나에게 흐른 날씨는 습도도 높지 않아 장시간 버틸 수 있으니까요.

간단하게 토스트로 아침 식사를 하고 나서 텀블러에 커피를 가득 채워놓고 작업을 합니다. 이렇게 생활한 지가 5년 정도 되었습니다.

혼자 있을 때는 특별히 식사 시간이 따로 없습니다. 여느 집처럼 아침이 있고 저녁이 있는 삶은 사치일 뿐입니다. 식탁에 제대로 앉아 보글보글 김이 오르는 된장찌개를 먹어본 것도 오래전 일입니다. 탈고를 해야 따뜻한 밥 한 끼를 제대로 먹을 수가 있습니다. 그리고 짐을 챙겨 다시 글감 스케치 여행을 갑니다.

전업 작가로 산다는 것이 이렇게 고단할 줄은 몰랐습니다. 아주 많이 지치고 힘들 때에는 1년 아니 6개월쯤 일에서 그리고 글쓰기에서 벗어나 아프리카 외진 섬으로 가서 원초적으로 살고 싶은 간절한 소망이 있습니다. 그때가 1년 후가 될지 5년 후가 될지 모르지만 가까운 미래의 작은 희망입니다. 그 희망을 이루기 위해 정성을 다해 글을 쓰고 있는데, 요즈음은 체력의 한계를 느낍니다. 가끔 체온이 떨어지기도 하고 심장에도 무리가 온 것 같습니다. 건강관리를 철저히 하는데도 나이는 못 속이나 봅니다.

그럼에도 꿋꿋이 자리를 지키며 작업을 하고 있습니다. 작업할 때에는 전화를 받지 않습니다. 행간 안에서 소통을 해야 하기 때문에 다른 세상에 갇혀 있는 느낌도 들고 버려진 느낌도 듭니다.

물론 글을 쓰다가도 지치면 쇼팽의 환상즉흥곡을 낮게 틀어놓고 명상도 합니다.

규칙이 없는 작업실에서 정리를 필요로 하는 널브러져 있는 책과 옷들이 내 손길을 기다리지만 작업하는 동안에는 손을 대지 않습니다. 오늘 해야 할 일을 마감하는 순간 다시 정리 정돈을 합니다. 제대로 정리되지 않으면 내일 쓸 글이 떠오르지 않기 때문입니다.

완벽히 청소를 끝내고 동네 공원을 산책하는 것이 버릇이 되었습니다. 한두 시간 강변을 산책하고 돌아와 바깥을 바라보며 허브티 한 잔을 마시면 이보다 더 좋을 수 없는 만족감, 해방감 그리고 행복감을 느낍니다.

일상에서 만나는 작은 만족이 삶을 편안하게 길들여주니까요. 그 행복을 누구에게 방해받고 싶지도 놓치고 싶지도 않습니다. 그것이 최근 바쁜 일상에서도 내가 좋아하는, 나를 위로하고 배려하는 나를 위한 작은 선물입니다. 행복이란 피타고라스의 정리처럼 정확하게 떨어지는 것이 아니라 지루한 장마 속에 찾아온 눈부신 햇살입니다. 어영부영하다가 놓치는 장마 속에 만나는 짧은 햇살이니까요. 놓치면 오래도록 후회할지 몰라 곁에 머무는 동안 맘껏 즐겨야 합니다. 연습할수록 느는 것이 행복이고, 행복은 습관이니까요.

추위에 떨지 않고
굶주림으로 고통받지 않는다면
그것으로 충분합니다.
두 발로 걸을 수 있다면,
두 팔을 사용할 수 있다면,
두 눈으로 볼 수 있다면,
두 귀로 들을 수 있다면
누구도 부럽지 않습니다.
다른 것을 부러워하지 말고
가진 것을 소중하게 생각하세요.
눈을 똑바로 뜨고
마음을 비워 자신을 사랑하세요.

_솔제니친

조금씩 변화를 주면 세상이 환해집니다

오늘은 헬렌 켈러의 책에서 내 심장을 뛰게 했던 말을 소개합니다. 보지도 듣지도 말하지도 못하는 그녀는 "그대의 얼굴을 태양을 향하게 하라"고 말했습니다.

태양을 본다는 것은 어두운 그림자를 보지 않는다는 말입니다. 아무리 힘들어도 밝은 곳을 바라보며, 긍정적으로 생각하며, 싸우기보다는 '융화'를, 원망보다 '사랑'을 하라는 말입니다.

처음부터 악하게 태어난 사람은 없습니다. 사는 것이 힘들고 지쳐 모든 것이 내 마음대로 안 되면 생각이 부정적으로 바뀌고 부정적인 생각이 고정되면 부정적인 행동으로 나타납니다. 그것이 습관이 되어 행동이 악하게 변하는 것입니다.

지난 행동이 아무리 착했더라도 지금 내가 악한 행동을 하면 나쁜 사람인 겁니다. 아무리 먹고살기 힘들어도 따뜻한 영혼을 가진 처음의 생각과 행동을 가지려고 노력해야 합니다.

'싫다, 안 될 거야'라는 부정적인 생각보다는 '좋다, 잘될 거야'라는 긍정적인 생각을 많이 하면 자신감이 생깁니다. 어제는 절대로 안 풀릴 거라 생각하던 일도 오늘은 해결되는 기적이 찾아옵니다.

긍정적인 생각과 행동의 결합체가 기적을 만듭니다. 내 삶에 완전한 통제권을 행사할 수는 없지만 생각하고 느끼고 선택하고 행동하면서 삶을 책임지는 힘이 생깁니다.

아주 특별하고 비범한 생각보다 보통의 생각, 보통의 행동이 나에게 만족을 주고 나를 편하게 해줍니다. 나를 힘들게 했던 세상 사람들을 원망하거나 비난하기보다는 밝은 태양을 바라보며 웃어야 합니다. 웃으면 흔들리는 삶의 방향까지도 중심을 잡게 됩니다.

상대방의 입장이 되면 배려하게 됩니다. 들끓던 분노도 원망도 활활 타오르는 태양 속으로 던지게 됩니다. 겨울나무처럼 원망과 비난을 다 털어버리면 몸도 마음도 가벼워집니다. 나를 힘들게 했던 그 마음까지 이해하게 됩니다. 편안한 마음이 다시 채워집니다. 따뜻함이 채워집니다. 나를 감싸 안습니다. 곧 변화의 새 옷을 갈아입고 기분 좋은 춤을 추게 됩니다.

내 품격을 높여주는 것도 내가 하기 나름입니다. 작은 변화가 생각을 바뀌게 하고 행동을 변화시키고 세상을 환하게 만듭니다.

매일 아침 눈을 뜰 때마다 이렇게 말해보는 것도 좋습니다.

"눈이 보인다, 귀가 들린다. 몸이 움직인다, 기분도 나쁘지 않다. 고맙구나! 인생은 아름다워."

_쥘 르나르

재생, 회복은 내면의 힘에 의지합니다

실패했을 때 마음도 다치지만 몸은 더 많이 망가집니다. 그래서 오늘은 재생력, 회복력에 대해 생각해봅니다. 일에서의 실패이든 사랑에서의 이별이든, 사람에게는 시간이 지나면 재생할 수 있는, 회복할 수 있는 능력이 있습니다. 가까운 나라 일본에서는 얼마 전 대지진 참사로 수많은 사람과 건물을 잃었습니다. 몇 년의 시간이 흐르면서 자연도, 사람도 다시 평온을 찾았습니다.

삶이란 고단한 여행이고 도전 없이는 아무것도 이룰 수가 없습니다. 행복을 원하는 만큼 위험의 부담도 커집니다. 한 번 실패하면 포기하는 사람도 있지만 대부분은 다시 일어나 도전합니다. 그것이 인간의 본성이기 때문입니다.

다시 일어나 도전하는 힘 또한 내면의 목소리입니다. 내 안에 있는 또 다른 나라는 안내자가 위기에 처할 때마다 올바른 선택을 할 수 있게 도와주는 것입니다.

티베트 불교의 정신적 지주인 달라이 라마는 티베트 사람들을 쫓아내고 사원을 불지르고 민족을 죽인 중국인들을 어찌 미워하지 않을 수 있냐고 묻자, 이렇게 대답했습니다.

"그들은 우리의 모든 것을 빼앗아 갔다. 하지만 내 마음까지 빼앗지는 못했다."

사업에 실패하고 시험에 낙방하고 사람에게 배신당해 사랑하는 사람을 잃을 수는 있지만 내 자아까지 빼앗기는 것은 아닙니다. 그래서 다시 일어나서 도전하는 것입니다. 나 자신을 가치 있게 여기는 사람은 자부심도 풍부하고 나를 믿고 사랑하기 때문에 실패하는 일이 거듭되더라도 언젠가는 반드시 우뚝 서는 존재가 됩니다.

다른 사람의 얄팍한 친절의 목소리에 귀 기울이기보다는 내 안의 칭찬과 질책의 목소리에 귀를 기울여야 합니다. 나를 가치 있는 존재로 만드는 힘, 그것도 내 안에 있음을 다시 느껴봅니다. 삶의 위기를 헤쳐 나아갈 수 있는 마스터키는 내면의 힘이고 내면의 힘은 학습과 훈련을 통해 커집니다.

실패, 불행의 원인은 자신에게 있습니다.
내 몸이 굽으면 내 그림자도 굽습니다.
굽은 그림자를 한탄하지 말고 원인을 찾아야 합니다.
아무도 나의 실패, 불행을 치료하지 못합니다.
오로지 나만이 나의 실패, 불행을 치료할 수 있습니다.

_파스칼

시간은 적립도 이월도 안 됩니다

오늘도 인터넷을 들어가면 정치·사회·문화의 소식이 이상적인 정치, 이상적인 사회, 이상적인 문화라는 슬로건 아래 눈과 귀를 붙들고 있습니다.

집에서나 학교에서나 어려서부터 공부 잘하면 성공해서 행복하게 살 수 있다고 들어왔습니다. 그러나 어른이 되어 직장생활을 하다 보면 그 말들이 잘못된 믿음이라는 것을 깨닫게 됩니다. 세상이 정해놓은 시스템대로 돌아가지 않는다는 것을 알게 됩니다. 특히 꿈을 이루는 것과 성공하는 것은 학창 시절에 배운 공식처럼 움직이지 않는다는 사실을 깨닫게 됩니다.

그 사실을 알고 나면 공평하지 못한 세상에 허탈해합니다. 소속이 싫어 일탈을 꿈꾸며 투명인간이 되어 우두커니 지내기도 합니다. 두려움 없이 인생 게임에 몸을 던지지만 결과는 실패와 좌절과 세상에 대한 불신입니다.

그래서 '만일 내가 ~라면'이라는 후회와 미련의 가정 표현을 사용합니다. 이런 상상을 많이 할수록 자책과 원망, 좌절감에 휩싸여 내가 찾는 행복은 자꾸만 멀어집니다. 해야 할 일을 산더미같이 쌓아두고 일어날 수 없는 일만 상상합니다. 일어나지 않을 일을 상상하는 것 자체가 실패를 자초하는 일이지요.

행복의 정해진 로드맵은 없습니다. 사람마다 행복에 대한 가치 기준이 다르기 때문입니다. 돈이 행복이라고 말하는 사람도 있고, 권력이 행복이라고 말하는 사람도 있고, 건강이 행복이라고 말하는 사람도 있으니까요.

 그저 순리대로 자연의 법칙에 따라 하루 일과를 시작하고, 느리게 움직이더라도 계속 한곳만 바라보고 꾸준히 가는 사람이 옳다 싶습니다. 중단 없이 움직이는 사람이 행복을 보장받습니다.

누구나 매일 주어지는 24시간을 어떻게 활용할까를 계획합니다. 행복이란 빈 지갑으로 시작해서 무언가를 가득 채우는 것이 아닐까 합니다. 돈을 채우기도 하고, 마음의 양식을 채우기도 하고, 건강을 채우기도 하면서 말입니다.

가장 기본이 되는 것은 건강과 돈이겠지요. 건강하다는 전제하에 돈은 행복의 필요조건이 됩니다. 돈이 있어야 마음의 여유가 생겨 옆도 뒤도 돌아보게 되니까요. 돈이 없으면 오늘도 내일도 불안할 뿐입니다. 돈을 쫓으려면 바쁘게 뛰어야 합니다. 돈은 바쁜 사람을 좋아하니까요.

시간을 금쪽같이 여기며 살아야 합니다. 시간은 누구에게나 24시간 동일하지만 어떤 사람은 24시간을 25시간의 가치로 만들어 사용하고 어떤 사람은 달랑 한 시간만큼의 가치로 사용합니다.

시간은 적립되지도 이월되지도 않습니다. '참을 인 자 셋이면 살인도 막는다'는 옛 말처럼 인내하며 나를 다스리며 격려하며 살아야 돈도 모으고 행복도 더 많이 만날 수 있습니다. 스스로가 선택한 그 목표를 향해 '할 수 있다'는 자신감을 갖고 도전한다면 행복의 주인이 됩니다.

행복은 저절로 오는 것이 아닙니다. 적립되지도 이월되지도 않는 시간을 이끌어가며 준비하고 노력하는 사람에게 찾아갈 뿐입니다.

숯과 다이아몬드는 원소기호가 똑같이 탄소입니다. 똑같은 원소임에도 하나는 최고의 아름다움을 상징하는 다이아몬드이고 하나는 보잘것없는 검은 덩어리입니다. 어느 누구에게나 주어지는 하루 24시간이라는 원소, 그 원소의 씨앗으로 다이아몬드를 만드느냐, 숯을 만드느냐는 나의 선택에 달렸습니다.

_로버트 슐러

모든 출구는 새로 들어가는 입구가 됩니다

'불가사의함'은 삶의 정의입니다. 알듯 모를 듯한 모호함으로 가득한 세상에 공동의 약속을 부여해서 질서를 지키는 것이 모두가 사는 세상의 '반듯한 원칙'이고 프레임입니다. 개인이 가지고 있는 프레임, 즉 '세상을 바라보는 시각'이 나와 세상과의 조화를 이끌어주는 다리가 됩니다. 어떤 프레임으로 내가 접근하느냐에 따라 내 손에 주어지는 결과물은 달라집니다.

'무엇을 얼마나 가졌냐'가 아니라 '어떻게 사느냐'에 따라 얼마나 많이 행복을 '만났느냐 못 만났느냐'가 결정됩니다. 혹자가 말한 것처럼 '이 순간이 마지막인 것처럼' 살아간다면 누구보다도 더

많은 행복을 만나게 될 거예요.

무엇을 하든 가치를 먼저 생각하면 됩니다. 예를 들어 교사가 아이들을 가르치는 일이 최고의 목적이라면 교사생활에 만족할 것이고, 직업이 그 사람을 선택한 거라면 얼마 못 가 권태와 회의감에 빠져 교사생활을 지속하지 못할 겁니다. 거리를 청소하는 환경미화원도 마찬가지입니다. 즐거운 마음으로 거리를 깨끗이 하겠다는 생각을 가진다면 힘들어도 보람을 느끼고 자신이 하는 일에 자부심을 느낄 것입니다.

영국 극작가 톰 스토포르는 '모든 출구는 어디로 들어가는 입구가 된다'고 말했습니다. 살다가 어떤 터닝 포인트를 만나더라도 생각의 방향을 조금 바꾸면 깜깜한 미로 속에서도 출구를 찾을 수 있습니다.

무엇이든 나를 중심에 세우고 생각하며 행동하면 됩니다. 내가
잘 살아야 내 가족도 행복하니까요. 지금 삶의 스텝이 꼬인다면
고정된 생각의 잠금장치를 풀어 반대쪽 세상 속으로 걸어가세요.
아무리 몸부림쳐도 내 안의 마음이 답을 찾지 못할 때에는 흘러
가도록 가만두어야 합니다. 모든 것은 흘러가게 되어 있습니다.
다만 흘러갈 때까지의 기다림의 고통이 죽도록 아프지만 견디면
서 기다려야 합니다. 길을 잃어야 새로운 길을 발견할 수 있습니
다. 다시 말해 인생의 모든 출구는 새로 들어가는 입구가 됩니다.

가장 빛나는 순간은 아직 오지 않았다.
가장 뜨거운 순간은 아직 오지 않았다.
가장 행복한 순간은 아직 오지 않았다.
아직 오지 않은 것은 너무도 많다.
_마포대교, '생명의 다리' 문구 중

속도를 조절하며 가고 있나요?

어린 시절 어른들에게 자주 듣던 질문이 있습니다.

"너는 커서 뭐가 될래?"

지금 생각해보니 꿈이 무엇이든, 무엇이 되고 싶든 그 귀결점은 행복입니다. 세상 사람들이 말하는 행복은 '우연히 일어나다 Happen'에서 유래되었고, 기독교인들이 말하는 축복Blessing은 '피를 흘리다Bleed'에서 나왔다고 합니다. 사실, 행복Happiness은 '예상치 않은 시점에서 만나는 신의 축복'이라는 뜻입니다. 그러니까 행복은 우연히 주어질 수도 있지만 반대로 우연히 없어질 수도 있다는 말입니다. 다시 말해 어떤 외부적 변화에 의해 언제든

파괴될 수 있는 것도 행복이고 영원을 약속하지 못하는 것도 행복이라는 것입니다. 결국 우연히 나를 찾아온 행복은 어느 날 갑자기 우연으로 끝나버릴 수도 있다는 겁니다. 행복을 간절히 바라면서도 가만히 앉아 누가 행복을 가져다주기를 기다린다면 그것은 요행을 바라는 것과 같습니다.

영국의 한 일간지에서 가장 행복한 사람이 어떤 사람인가에 대해 실문조사를 했는데 1위는 이제 막 모래성을 완성한 아이였고 2위는 아이를 목욕시킨 후 아이와 눈을 맞추며 웃는 엄마였고 3위는 공예품을 완성한 후 즐거워하는 목공예가, 4위는 죽어가는 한 생명을 구한 외과의사였습니다. 다시 말해, 행복은 나와 먼 곳에 있는 것도 아니고 거창한 것도 아닌 내가 하는 일, 나와 함께하는 사람, 내가 자주 머무는 평범한 일상에서 마주친다는 사실입니다.

미국의 전 대통령 케네디는 이런 말을 했습니다.

"승자는 구름 위의 태양을 보고 패자는 구름 속의 비를 본다. 승자는 넘어지면 일어서는 쾌감을 알지만 패자는 넘어지면 재수를 한탄한다."

주변을 살펴보아도 승자는 실패에 스스로를 탓하지만 패자는 항상 남 탓을 하는 것 같습니다.

행복한 삶을 이끄는 것도 마찬가지입니다. 현재의 조건, 환경, 재

산, 지위는 살아온 과거의 결과입니다. 지금 만족스럽지 못하다면 열심히 살지 않은 대가이고 만족스럽다면 그 역시 열심히 땀을 흘린 대가입니다. 그대로 받아들이면 됩니다.

좌우의 날개로 새가 날듯이 사람 역시 꿈과 희망이라는 날개가 있기에 행복으로 달려가게 됩니다. 행복을 찾기 위해서는 속도와 조절이 필요합니다. 그 선택 역시 내 몫입니다. '성공한 사람으로 남을 것인가', 성공은 못 했어도 '행복한 사람으로 살 것인가'의 선택도 내 몫입니다.

박사학위가 여러 개 있다고 행복하지는 않습니다. 행복하다고 말하는 수많은 사람 중에는 박사학위 없는 사람이 수두룩하니까요. 비록 최고의 교육을 받았어도 현명하지 못한 삶을 살아가는 사람도 있습니다. 다시 말해, 공부를 많이 했다고 해서 모두 행복하게 살지는 않습니다. 균형 감각을 잃지 않고 조절하며 살아가는 사람이 행복한 사람이니까요.

지치고 짜증날 때에는 속도를 늦추면서 나아가야 합니다. 남이 빨리 간다고 해서 내 조건도 생각하지 않고 무작정 빨리 가다 보면 문제가 생기니까요. 속도에 맞춰 일하는 목표를 세우고, 조건에 맞게 시간을 할애해야 합니다.

가장 중요한 것은 남이 뭘 하든 신경 쓰지 말고 내 방식대로 육체적·정신적 공간을 스스로 통제하며 가야 합니다. 시간을 지배하는 최고의 방법이 무엇인지 알고 나면 조급증을 내지 않고 하루를 길게 만들 수 있으니까요. 일단 속도를 늦추면 시간과 싸우지 않게 됩니다. 일을 하든 산책을 하든 영화를 보든 나의 속도에 맞추면 세상도 내 속도에 맞추게 됩니다.

먼저 핀 꽃은 일찍 진다.
남보다 먼저 성공하려고 조급하게 서둘지 마라.
생명이 긴 것은 그만큼 준비 기간도 길어야 한다.
오랫동안 땅에 엎드린 새가 날기 시작하면 높이 난다.
인생도 마찬가지다.
힘을 기르는 시간이 길수록 힘차게 도약하게 된다.

_채근담

내 행복의 전문가는 누구인가요?

'내일과 다음 생 중에 어느 것이 먼저 올지 아무도 모른다'는 티베트 속담이 있습니다. 단지 젊다는 이유로 죽지 않고 나이가 들었다는 이유로 죽는 것은 아닙니다. 죽음은 나이 순서로 진행되지 않으니까요.

젊다고 현실에 안주하지 말고, 나이가 들었다고 초조해하지 마세요. 그냥 현실을 있는 그대로 받아들이며 최대한 즐겁게 생활하면 됩니다.

남들은 일찍 퇴근하는데 나만 야근한다고 투정하지 마세요. 취업하지 못한 청년, 퇴직한 장년들에게는 아침 일찍 출근하는 직장인이 가장 부러우니까요. 어쩌면 모두가 퇴근한 사무실에서 마지막으로 전등을 끄고 나오는 사람이라도 일이 넘친다는 것은 축복입니다. 나를 절실히 필요로 하는 일이 있으니까요.

작가로 사는 나는 원고료를 벌겠다고 눈이 시뻘겋게 충혈되어도 텍스트 안에서 유랑합니다. 힘들게 건져 올린 원고가 어쩌다가 삭제 버튼을 잘못 눌러 사라질 때가 많습니다. 그 원고를 다시 찾느라 밤새도록 컴퓨터를 붙들고 있기도 하지요.

시내버스 운전기사가 마지막 승객을 내려주고 차고지에 들어가 모퉁이에 버티고 있는 자판기에서 300원짜리 커피 한 잔을 뽑아 마시는 게 누구에게는 아릿함으로, 또 누구에게는 뿌듯함으로 다가가겠지요. 같은 일인데도 생각이 다른 이유는 한 사람은 좋아해서 선택한 일이기에 만족하는 것이고, 다른 한 사람은 좋아하지 않지만 어쩔 수 없이 해야 하기 때문입니다. 다시 말해 내가 일을 선택해야 하는데 일이 나를 선택하는 상황이 벌어지기 때문에 일을 해도 불평이 쌓이고 급여에도 만족하지 못합니다.

그러나 자신이 하는 일에 만족하는 사람을 보면 입에서 웃음이 떠나지 않습니다. 보수가 적어도 맞춰서 잘 삽니다.

인간의 욕망은 끝이 없습니다. 하나를 얻으면 더 큰 하나를 욕망합니다.

무엇이든 각자의 '능력'이 정해져 있습니다. 그 영역 범위 내에서

욕망해야 합니다. 자신의 능력 범위의 한계를 제대로 아는 사람이 욕망한 것을 성취할 수 있습니다. 자신을 잘 아는 만큼 중요한 것은 없지요. 무엇을 가지고 무엇을 버려야 할지를 파악하는 것이 중요합니다. 그래야만 무엇에 집중해야 할지를 알게 되니까요. 무슨 일을 하든 몰입에 방해되는 것을 발견한다면 이를 해결할 실마리를 찾아야 합니다. 이 세상에는 일을 방해하는 잘못된 방식으로 설계된 수많은 장애물이 존재하니까요. 지치게 하고 꼬이게 하고 두렵게 만들어 오래도록 몰입할 수 없게 만드는 그것을 찾아내어 제거하는 것이 가장 중요합니다. 그래야 편안한 마음으로 집중할 수 있습니다. 정확한 집중, 몰입은 만족과 성취를 이끌어냅니다.

한겨울에도 송골송골 땀방울이 맺힐 정도로 일에 몰입해서 몇 번의 실패와 상실을 거듭하고 난 후에 무언가를 발견하게 됩니다. 새로운 발견, 그것이 바로 만족이고 성공입니다.

남의 의견은 존중하되 당연하게 받아들이지 마세요. 그 의견이 나에게는 맞지 않을 수 있으니까요. 나에게 맞는 시스템을 발견하는 사람이 되어야 합니다.

무엇을 하든 의도적으로 이끌어야 합니다. 내 인생, 내 행복의 전문가는 나일 수밖에 없으니까요.

어떤 순간이 오더라도 나에 대한 경의를 잃지 말아야 한다.
내 눈앞에서 나를 값싸게 만들지 말아야 한다.
스스로 티끌 없고 탓할 것 없는 행동을 하여야 한다.
나를 두려워할 줄 알아야 한다.

_벨타사르 그라시안이모랄레스

삶은 연습이 없지만
죽음은 연습할 수 있습니다

누구나 편안하게 살고 싶지만 다양한 위험에 내 주변을 서성입니다. 어떤 책에서는 인생을 생로병사에 비유합니다.

'생生은 교육보험이 담당하고, 노老는 연금보험이 책임진다. 병病은 의료보험이 담당하고, 사死는 생명보험이 책임진다.'

반드시 그렇게 흘러간다면 마음이 편안해지고 걱정이 없을 것 같습니다. 그러나 반드시 그렇게 되지 않는 게 인생이라, 누구의 미래든 내일은 희망이면서 불안이지요.

노자는 이렇게 말했습니다.

"내게 큰 걱정이 있는 것은 몸이 있기 때문이다. 만약 몸이 없다면 무슨 걱정이 있겠는가?"

그렇습니다. 몸이 아프면 마음까지 아픕니다. 분명 몸이 없다면 걱정이 많이 줄어들 겁니다. 그러나 몸이 노쇠하면 반드시 죽습니다. 언제, 어디서, 어떻게 죽을지 아무도 모릅니다. 죽음을 경험한 사람은 없습니다. 단지 죽는 사실만 알고 있습니다.

죽음이란 무엇일까요? 동양에선 현재의 삶을 소중하게 생각합니다. 삶은 기氣가 모인 것이고, 기가 흩어지면 죽는다고 하죠. 죽으면 혼魂은 하늘로 올라가고, 백魄은 땅에 흡수된다고 하고요.
'호랑이는 가죽을 남기고, 사람은 이름을 남긴다.'
서양에선 현세도 중요하지만 내세도 중요하다고 말합니다. 현재가 고통스러워도, 다음 세상에서 행복할 수 있다고 말합니다. 사람이 죽으면 육체는 땅에 묻히고, 영혼은 천국에 올라갑니다.
도대체 죽음 후에 무슨 일이 일어날까요? 죽어보지 않았으니 아무도 모릅니다. 죽는다는 사실을 알면서도 누구나 이렇게 말합니다.
"내게 죽음은 멀리 있어. 지금 생각하지 않아도 돼."
그러나 죽음은 순서가 없고 나이에 상관없이 찾아옵니다. 늘 가능성은 열어두어야 합니다. 다시 말해, 항상 마지막을 준비해야 합니다.

누구나 병문안이나 장례식에 가서 죽음을 생각하게 됩니다. 내일 내가 죽는다고 상상해보세요. 내 주변에 과연 무슨 일이 일어날까요? 스스로 내 장례식에 참석하고, 나의 집과 내가 다니는 회사에 가보세요. 가족들은 무슨 말을 하고, 친구는 어떤 표정을 짓고, 동료들은 어떤 얘기를 할까요?

살아온 나의 자취에 대한 반성과 새로운 다짐을 하게 됩니다. 죽음을 준비하는 사람일수록 사는 것이 단순해집니다. 먹고 입고 자는 것을 시작으로 마음을 비우게 됩니다. 욕망의 그릇도, 희망의 그릇도, 분노의 그릇도, 미움의 그릇도 가벼워집니다. 가진 물건도 하나씩 정리하고 낡은 옷과 신발, 오래된 책과 생활용품을 정리합니다. 나중에 버리기보다 지금부터 하나씩 버려가는 것이 좋습니다.

무언가를 하나 새로 사면 비슷한 용도의 물건 하나나 둘을 버리면 됩니다. 한층 가벼워질 것입니다. 몸과 마음이 가벼워져야 행동도 가벼워질 테고 무엇에 몰입하는 능력도 좋아집니다.

그러고 나서 내일이 없는 것처럼, 뜨겁게 살아보아야 합니다. 한 번쯤은 할 수 없는 것도, 당당히 도전해보아야 합니다. 오늘이 마지막인 것처럼, 뜨겁게 살아보아야 합니다. 그것이 마지막을 가치 있게 준비하는 방법입니다.

가끔은 삶의 목적어를 내려놓고 반복되는 일상을 벗어나 삶 자체를 즐겨보는 것도 신선한 충격이 됩니다. 누리는 자유가 많아질 때 기쁨의 물결은 최고를 달리니까요.

누군가 이런 말을 했습니다.

"과거와 미래가 만나는 지금 이 순간만이 영원하다."

불빛 하나하나는 암흑의 대양 안에 양심의 기적을 알려주었습니다. 이 가정에서는 책을 읽으며 깊은 생각에 잠기고 저 가정에서는 공간을 탐색하며 안드로메다에 관한 계산에 몰입하고 있습니다. 다른 곳에서는 사랑을 속삭이고 있습니다. 광야에서는 양식을 달라고 외치고 있습니다. 살아 있는 별들 중에 닫힌 창문이 얼마나 많으며 꺼진 별과 잠든 사람은 얼마나 있었던가요?

_생텍쥐페리

행복, 충분한 여백입니다

얼마 전 지상파 방송에서 성공한 사업가가 방청객에게 질문을 받았습니다.

"행복한 삶이란 어떤 것일까요?"

그 답으로 그는 "나무처럼 사는 겁니다"라고 대답했습니다.

나무를 자세히 들여다보면 다른 나무에 상처를 주지 않기 위해 적당한 간격을 유지하며 '나' 홀로 '무無', '언言'을 실천하며 살아갑니다.

나무는 혼자의 힘으로 뿌리를 내려야 제대로 성장하여 꽃을 피울 수 있습니다. 나무는 지금 있는 자리를 불평하지 않고 지금 있는 자리에서 최선의 선택을 합니다.

나무는 다른 누구에게 베풂 자체입니다. 지쳐 찾아온 사람에게 그늘이 되어주고 누군가에게 필요한 종이가 되고 가구가 됩니다. 스스로 뿌리를 내리고 꿋꿋하게 성장해서 셀 수 없는 잎과 열매, 그리고 몸통까지 다 내어주고 빈 몸으로 돌아갑니다.

나무는 생명을 유지하는 최소한의 것만 갖습니다. 법정 스님도 말했지만, 무소유는 아무것도 소유하지 않는 것이 아니라 꼭 필요한 것만 가지고 가볍고 자유롭게 살아가는 것을 말합니다. 당장 필요하지 않은 것을 쌓아두면 거추장스럽고 짐만 됩니다.

우리는 너무나 많은 생각, 많은 물건에 둘러싸여 살아갑니다. 쌓인 것이 너무 많아 몸도 마음도 무겁습니다. 그 때문에 정작 자신에게 소중한 것은 무엇인지 헷갈릴 때가 많습니다. 취하고 버릴 것이 무엇인지 모릅니다. 이것도 하고 싶고 저것도 하고 싶다며 손에 닿는 대로 건드리다 보면 정말로 하고 싶은 것을 놓치게 됩니다. 삶의 우선순위를 잊게 됩니다.

필요한 것을 위해 불필요한 것을 과감하게 버려야 합니다. 그것이 무소유의 삶의 시작입니다. 정말로 갖고 싶은 것을 손에 넣기 위해 그 외의 물건은 포기하고, 정말로 하고 싶은 것을 하기 위해 그 외의 것은 포기해야 합니다. 그러면 주변이 정리 정돈되어 몸도 마음도 가벼워집니다.

정리가 되어야 자신이 갖고 싶은 것, 하고 싶은 것을 위해 무엇을 하면 좋을지를 알게 됩니다. 목적이 명확해지므로 에너지가 분산될 일도 없습니다. 자신 안에 좀처럼 흔들리지 않는 확고한 중심축이 생기므로 쓸데없이 고민하거나 피곤하지도 않은 편안한 생활을 할 수 있습니다.

요약해보면 행복한 삶이란 첫째, 내가 감당할 수 있는 물건만 소유합니다. 둘째, 있어도 되고 없어도 되는 물건은 사지 않고 생활에 꼭 필요한 것들만 소유합니다. 셋째, 자연으로 돌아갈 때 버릴 것이 별로 없을 정도의 소박한 생활을 합니다.

이 세 가지 원칙을 준수하며 산다면 쓸데없는 욕망도 품지 않고 내 앞에 멈춘 것들을 즐기며 살게 됩니다. 시간적 여유가 많아지고 몸도 마음도 그만큼 여백이 생겨 즐겁습니다. 그것이 취미생활이든 일이든, 여유가 있습니다.

삶의 여백이 있다는 것은 자유로움이 많아지고 즐길 것들이 늘어난다는 뜻입니다. 이로써 삶의 질이 높아집니다.

행복한 삶이란 정말로 갖고 싶은 것을 갖고 정말로 하고 싶은 것을 하며 적게 소유하며 많이 즐기는 것입니다. 다시 말해 꼭 필요한 것만 가져야 여백이 많아집니다. 행복은 충분한 여백이니까요.

아름다운 마무리는 비움이다.
채움만을 위해 달려온 생각을 버리고 비움에 다가가는 것이다.
그러므로 아름다운 마무리는 비움이고,
그 비움이 가져다주는 충만으로 자신을 채운다.

_법정 스님

현실에 충실하고 베풀며 살아야 합니다

어디를 가든, 무엇을 하든 동물의 세계처럼 약육강식의 법칙이
존재합니다. 태어나면서 죽을 때까지 정글의 세상에서 살아가야
합니다. 내가 웃으면 남이 울어야 하고, 내가 패배하면 남이 승리
하는 것이 당연합니다.

사람은 누구나 선과 덕을 갖고 태어나지만 처한 환경에 따라 조
금씩 바뀌게 됩니다. 그러니 남보다 조금 더 가진 사람이라면 선
행을 베풀며 살아야 합니다.

돈이든 선물이든 친절이든 마음에서 우러나와 주고 나면 자존감
이 높아지는 것처럼 기분이 좋습니다. 그러나 무엇을 받을 때에

는 약자가 된 것처럼 때로는 자존감에 상처를 입기도 하고 마음이 우울해집니다. 꼭 빚을 진 것처럼 언젠가는 갚아야 한다는 생각이 드니까요. 무엇이든 줄 것이 많아 주는 입장에 있다면 잘 살아온 사람이고 행복한 사람입니다. 받는 입장에 있다면 나름대로 열심히 살았다 해도 더 열심히 살아야 한다는 말이 됩니다.

베풂과 나눔에는 꼭 물질만이 전부가 아닙니다. 내가 가진 재능을 나누는 것도 있습니다. 작가는 한 편의 글로 기부를 하고, 성악가는 한 곡의 노래로 기부를 하고, 화가는 한 편의 그림으로 기부를 합니다. 내가 잘하는 그 무엇을 나누고 기부하며 살아야 나중에 후회하지 않습니다.

이 세상에 영원히 가질 수 있는 것은 없습니다. 나이가 들면 몸이 늙고 병원을 찾게 됩니다. 아무리 가진 것이 많더라도 죽을 때 가지고 갈 수 없습니다. 어찌 보면 죽는다는 것, 빈손으로 떠난다는 사실이 모두에게 공평한 것입니다.

아무리 백전백승을 외치던 사람이라도, 아무리 가진 것이 없어 온갖 모욕과 멸시를 안고 사는 걸인이라도, 죽음 앞에서는 강자도 약자도 한없이 나약한 존재가 됩니다. 죽음이 가까이 오고서야 깨닫게 됩니다.

'내가 왜 앞만 보면 달려왔을까, 베풀며 살았어야 했는데…….'
'내가 왜 노력하지 않고 거리에서 구걸하며 살았을까…….'

후회와 질책을 하며 죽음 앞에서 간절함으로 무릎을 꿇습니다. 적어도 '꽃이 지고서야 봄인 줄 알았다'는 서글픈 후회는 하지 말아야 합니다.

'밤이 낮을 따르듯, 자신을 충실히 따르는 사람은 누구에게도 진심으로 행동한다.'

셰익스피어의 말처럼 사람들은 가치 있는 것을 위해 대단한 것을 쫓지만 자신을 배신하지 않고 현재에 충실하는 것이 정답입니다.

많이 도전하고 많이 베풀며 치열하게 산 사람일수록 미련도 후회도 크지 않지요. 그런 사람일수록 죽음을 순순히 받아들이며 편안하고 아름다운 마무리로, 잔잔한 웃음과 함께 눈을 감습니다.

임종의 순간을 보면 그 사람이 어떻게 살아왔느냐를 알 수 있습니다. 눈을 감고 잔잔한 미소로 마감하는 사람이 있는가 하면, 분노의 표정으로 눈을 뜬 채 마감하는 사람도 있습니다. 남은 자에게도 떠나가는 자에게도 편안함을 주는 마지막 모습은 잔잔한 미소를 남기며 떠나는 사람입니다. 내가 누구이며 무엇을 하며 살았는지 그래서 마음이 편안한지 불편한지를 깨닫는 순간은 삶의 끈을 놓는 마지막 순간입니다.

　　물이 반쯤 든 잔을 보고 누구는 물이 반이나 남았다고 하고, 누구는 물이 반밖에 남지 않았다고 말합니다. 똑같은 것을 보고도 긍정적으로, 부정적으로 생각합니다. 무엇이든 긍정적으로 감사하며 살아야 합니다. 감사하는 마음을 가진 사람이 인간관계에서도 성공할 가능성이 높습니다. 감사하는 마음이 긍정적인 행동으로 이끌기 때문입니다. '감사합니다.' 이 한 마디로 아침을 열면 기분이 좋아집니다. 가족에게 동료에게 '고맙습니다, 감사합니다'로 하루를 시작하세요. 세상이 밝아집니다.

감당할 만큼의 욕심을 갖는다면

수북이 쌓인 고지서를 보니 흔들리는 마음을 가눌 길이 없습니다. 휑한 마음을 달래기 위해 오전에는 백화점을 갔다가 오후에는 전통시장을 찾았습니다. 화려하게 차려입은 넉넉한 사람들을 보면서 좀 더 노력하여 베풀 수 있는 사람이 될 것을, 하고 생각했습니다. 전통시장을 갔을 때는 포기하지 말고 끝까지 최선을 다해 살아야겠다는 다짐을 했습니다.

어찌 보면 많이 가지지 못한 것이 다행이라는 생각도 듭니다. 만약에 아쉬울 것 없는, 남이 부러워하는 위치에 있다면 너무 많이 가진 자로서의 시회적 책임과 의무가 가중될 테니까요.

그저 건강한 몸으로 공기 좋은 강변에서 글을 쓰며, 밥을 먹고, 여행을 가고, 아픈 데 없이, 내가 좋아하는 일을 하며 사는 이 순간이 행복하다는 생각을 합니다. 때로는 더 높은 위치, 더 많은 것, 더 오래 살기 위해 나를 재촉하기도 하지만 지금 이 순간은 현재에서 멈추고 싶다는 생각을 합니다.

최고급 이탈리안 식당에서 최고 권력자를 만난다고 해서 내 운명이 바뀌거나 내가 그들이 될 수는 없으니까요. 분수에 맞게 생활하며 나와 비슷한 성격, 나와 비슷한 환경의 사람을 만나 밥 먹고 얘기하고 여행하는 것이 편안한 삶이니까요. 높은 곳을 바라볼수록 고개도 아프고 생각도 많아지고 욕심도 커지니까요. 이룰 수 있는 꿈, 내가 감당할 만큼의 욕심이 나의 행복이니까요.

지난날, 20대 후반 아이들을 가르치며 시인으로 등단했을 때만 해도 물질적으로 정신적으로 참 많은 것을 가졌고 참 행복한 사람이라고 생각했습니다. 하지만 부모님으로부터 홀로서기를 하면서 욕망이 많이 커졌고 더 많이 갖기 위해 남과 비교하며 치열하게 달렸지요. 그 결과 배신과 실패를 안았습니다. 하나를 가지면 또 다른 것을 갖고 싶은 마음이 나를 힘들게 했지요. 적당한 경계에서 멈추었어야 하는데 그렇게 되지 않았습니다.

높은 곳에 오르다 보니 더 높은 파란 하늘이 그리웠습니다. 그러나 아무리 애써보아도 안 되는 일이 있더군요. 그때 처음으로 노력해도 안 되는 일이 있음을 알았습니다.

비교는 또 다른 비교를 낳게 되어 나를 지치게 하였습니다. 욕망은 또 다른 욕망을 가지게 해주는 촉매제이지만 넘치면 화를 부른다는 것을 실패한 뒤 알게 되었습니다. 지금까지 아프기도, 슬프기도 한 나의 삶의 역사를 스무 권이 넘는 책으로 담았지만 그래서 고행의 길을 홀로 걷는 작가의 삶을 살고 있지만, 돌아보니 글쓰기가 나의 운명이었음을, 그 길을 돌고 돌아 여기까지 와서야 깨닫게 되었습니다.

온전히 직간접 경험으로 끌어올리는 글을 창작해야 하기 때문에 심신이 지칠 때가 많지만 누구의 눈치를 보지 않아도 되니 좋습니다. 가장 기쁜 것은 누구와도 비교하지 않게 되어 마음이 한결 편하다는 것입니다.

나에게 텍스트, 행간은 힘들 때 위로해주는 친구이고 아플 때 사랑으로 보듬어주는 연인이고 배고플 때 밥을 먹여주는 보호자가 되었습니다. 남들은 편한 길을 두고 왜 고단한 길을 가느냐고 말하지만 글을 쓰는 동안이 가장 편안하게 즐거우니까요. 아마도 숙명이라는 생각이 듭니다.

비록 잃어버린 것이 많지만 그래도 남이 갖지 못한 것을 더 많이 갖게 되었으니까 그걸로 만족합니다. 가진 것도 별로 없고 대단하지도 않지만 나는 현재의 나를 지지하고 사랑합니다. 이제는

누군가가 나에게 "행복하냐?"고 묻는다면 "행복하다"고 대답할
수 있습니다.

서시

죽는 날까지 하늘을 우러러
한 점 부끄럼이 없기를,
잎새에 이는 바람에도
나는 괴로워했다.
별을 노래하는 마음으로
모든 죽어가는 것을 사랑해야지
그리고 나한테 주어진 길을
걸어가야겠다.

오늘 밤에도 별이 바람에 스치운다.

_윤동주

많이
힘들었구나,
말 안 해도
알아

1판 1쇄 발행 2019년 3월 15일
1판 2쇄 발행 2019년 10월 1일

지은이 | 김정한
펴낸이 | 최윤하
펴낸곳 | 정민미디어
주 소 | (151-834) 서울시 관악구 행운동 1666-45, F
전 화 | 02-888-0991
팩 스 | 02-871-0995
이메일 | pceo@daum.net
홈페이지 | www.hyuneum.com
편집 | 미토스
본문디자인 | 디자인 [연;우]

ISBN 979-11-86276-63-1 (03810)